集英社オレンジ文庫

映画ノベライズ

# プリンシパル　恋する私はヒロインですか？

山本　瑤
原作／いくえみ綾

# プリンシパル　恋する私はヒロインですか？

Contents

映画ノベライズ

# プリンシパル

## 恋する私はヒロインですか?

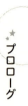

# プロローグ

一面の銀世界を割るように、アスファルトの道が真っすぐに続いている。

その一本道を、赤い車が走ってゆく。

糸真《しま》は、車の後部座席の窓を開けた。

すると、視界がぐんと広がった。

空が高い。野や街、すべてに雪が降り積もっていて、眩《まぶ》しく輝いている。

一方で、空はどこまでもどこまでも青くて、澄んだ空気と一緒にすうっと吸い込まれてしまいそうだ。

糸真は口を開けてその高い空を見上げながら、車を運転する父、泰弘《やすひろ》に聞いた。

「ねぇお父さん。もし庭にキツネが出て来たら、それは飼ってもいいの?」

泰弘はバックミラー越しに糸真を見て、苦笑まじりの、穏やかな声で答える。

「あぁ、だめだめだめだめ、キツネは野生の動物だからねえ。あ、それとエキノコックスっていう怖い寄生虫もいるからだめだよ」

「なんだそっかー。あ！　じゃあさじゃあさ、もしエゾシカが出て来たら一緒に写真撮ってくれる？」

泰弘は困ったように笑う。

「ははは、糸真ちゃん。あのー、お家がある場所は札幌《さっぽろ》の中心部だから、キツネも鹿もいないかなぁ」

「えー、そうなの？　つまんないなー」

全開の窓から流れ込む冷たい風が、糸真の、顎《あご》より少し上で切りそろえた髪を滅茶苦茶《めちゃくちゃ》に乱す。

携帯の着信音が鳴って、母からのメールが表示された。

『糸真ちゃんへ――。

あなたと離れて暮らすことになるとは、お母さんは夢にも思っていませんでした。

東京では色々あったけど、新しい環境が糸真ちゃんにとって良い事になりますように。

あ、良い事っていうのは、そうね……。

たとえば恋に落ちるとかかな！』

なんだ、それ……。

糸真は風に髪を遊ばれながら、ひとり、ふにゃりと笑う。

高すぎる空。スカッとしすぎる空気。

おかげでホラ、頭がクリアになりすぎちゃって、自分のことが、くっきりはっきり分かっちゃう。

住友《すみとも》糸真、十七歳――。

〝逃げて来たダメ人間〟

糸真は携帯を脇に放り出し、再び外を見た。

窓から身を乗り出すようにして、思いっきり叫ぶ。

「やっほぉぉぉぉぉ！　わぁぁぁぁぁぁ！」

「あ、危ないって、糸真ちゃん！」

泰弘の焦った声がおかしい。

でも、でもね、北海道だよ？

キツネもエゾシカもいないらしいけれど、糸真の、新しい居場所――。

叫ばずにいられるかっていうの。

「さむぅぅぅぅい！」

「寒いよそりゃ、窓開けてたら！　北海道だよ！　凍《こご》えちゃうよ！」

広い広い白銀の道を、糸真を乗せた車は、ただひたすら真っすぐに走り続けた。

# 1

「東京から来ました……住友糸真《すみともしま》です」

声が喉《のど》のどこかに引っかかったような感じ。

でもできるだけ愛想良く挨拶《あいさつ》をして、糸真はぺこりとお辞儀《じぎ》をする。

札幌《さっぽろ》市内にある札恵《さつえい》高校への、転校初日だ。

黒板には大きく『住友糸真』と書かれている。

よくある転校生紹介の場面だけれど、自分がこんな風に教壇《きょうだん》で紹介される日が来るなんて、まったく思ってもみなかった。

教室内の生徒達がパチパチと拍手をしてくれ、糸真は少しほっとする。

うん、みんな、いい人そう。

担任の鶴巻《つるまき》先生が空《から》の席を指差した。

「じゃあ、席用意するまで、今日はそこの空いてるとこ……舘林《たてばやし》の隣、座っといて」

「あ、はい」

糸真は微笑を浮かべたまま、周りに会釈《えしゃく》をしながら、鶴巻先生に指示された場所へ行き、椅子《いす》を引く。

とたん、隣の男子から強い視線をぶつけられた。

な、なに、この人……？

長めの茶髪で、思わずじっと見つめ返してしまうほど、すごく整った顔をしている。それなのに、責めるようなこの視線。

糸真は戸惑いながらも、一応は、にこやかに挨拶をする。

「よろしくお願いします」

すると、視線と同様の強い口調で、斬《き》りつけるように言われた。

「そこ、おまえの席じゃねぇから！」

「え……？」

「そこは和央《わお》の席だ！」

「わ……お？」

教室中にざわめきが起こった。

何がなんだか、さっぱり分からない。

どうして転校初日、初対面の男子にこれほどの敵意を向けられなければならないのか。

するとと鶴巻先生がやれやれ、といった感じで助け舟を出してくれた。

「弦《げん》ー。分かってるって。あとで机持ってくるから。今だけ、今だけ」

猛獣をなだめるようなその声に、あちこちからクスクス笑いが起こる。鶴巻先生と同じように、「今だけっしょ」「そうそう」と言う声も聞こえる。

しかし男子……舘林弦の攻撃的な視線はそのままだ。

本当に、骨まで嚙《か》み砕《くだ》かれそう。

糸真は彼ににらまれたまま、正面を見据え、すとんと椅子に座った。

緊張と困惑のため、妙に姿勢正しく。すると、反対側の席にいた女子が話しかけてきた。

「だいじょうぶ？」

とても可愛《かわい》い子だ。ふわふわのロングヘアにぱっちりした目。にっこりと優しそうな笑みを浮かべて、小首を傾《かし》げるようにして自己紹介をする。

「あたし、国重晴歌《くにしげはるか》です。晴歌でいいから。住友さんも、糸真でいいかな？」

糸真も精一杯の笑顔で返す。

「うん」

近くの席にいた他の女子ふたりも、にこにこしながら手を振ってくれた。

「あたし怜英《さとえ》」

「あたしは梨里《りり》。よろしくね」

「よろしく」

糸真も極力感じよく、挨拶を返す。

晴歌は続けて屈託《くったく》なく話しかけてくれた。

「ねぇねぇ。この時期に転校って珍しいね」

「うん。親の関係で」

本当のことなど言えるはずもない。

糸真が、予《あらかじ》め用意しておいた嘘を口にすると、ガタンっと大きな音が響いた。

びっくりして隣を見ると、先ほどの男子……舘林弦が立ち上がり、とびかかりそうな形相《ぎょうそう》で糸真をにらみつけている。

切れ長の瞳。整った顔立ちで、背も高くて、この人、黙っていればイケてるのに。

怖い――――。

いや、それより腹が立つ。

なんなんだよ、こいつ。

「おいおまえ！　無視すんじゃねぇ！　そこは和央の席だ！」

ぷちっ。糸真の頭の中で何かが切れた音がする。鶴巻先生が呆《あき》れた様子で、

「おいおい。もう分かったから。座れや」

と再びなだめているが、猛獣化した弦は、ほとんど牙まで剝《む》きそうな勢いだ。

糸真も、もう我慢がならなかった。

「？　糸真？」

反対隣の女子、国重晴歌の気遣うような声も耳に入らず、糸真はバン！　と机を叩いて立ち上がる。

「だったら！　あんたが席でも机でも用意すればいいでしょ！　あたしは言われたところにいるだけなんだから！」

それから、言わなくていい言葉まで、続けてしまった。

「あたしはもう、どこにも、いけないんだ！」

教室が、水を打ったようにしんと静まる。みんな、瞬きもせずぽかんとした顔をして糸真を見ている。

糸真は思わず呟《つぶや》いた。

「……しまった」

すると晴歌がぷーっと吹き出して、明るい笑い声をあげた。

弦はむくれたような顔だが、他のクラスメイトたちは、晴歌につられるようにして笑い出す。

晴歌が笑ってくれたおかげで、気まずい空気はなくなった。

でも。そんなクラスメイトたちの笑顔を見ながら、糸真の心は、否応《いやおう》なく過去に引き戻されていた。

※

最初のきっかけは、学校だった――。

うん、ほら、よくあることでしょ？

東京で、入学した女子校がなんとなく肌に合わなくてさ。

周りの騒がしさというか、女子達のノリというか、空気に馴染《なじ》めない日が続いて、あー
あ、完璧《かんぺき》に出遅れちゃったなって感じだった。

友達作りのスタートに微妙に失敗し……とにかく糸真は、入学してしばらくはひとりだった。

クラスメイトが仲良しグループで、大笑いしている教室の隅っこで、ひとりでお弁当を

食べたりした。

家でも、ひとりきりだったようなものだ。

母の真智《まち》が、新しい義父の前で、年甲斐《としがい》もなく鼻にかかった声をあげて、

「はい、あーん」

なんて、食べさせあいなんてしていた。

「あ、糸真ちゃん！　糸真ちゃんも一緒に食べよ！」

義父が薄っぺらい笑いを浮かべて、隣の椅子を引く。

「座ってよ、ほら」

「あたしは……いいや」

当然、糸真の返事はそっけない。真智も義父も、

「ええ？　なんで」

なんて驚いたような反応をするが、ふたりとも、糸真の冷め切った気持ちなど分からないのだ。

ほんと、馬鹿馬鹿しいったら。

真智は、四度目の結婚だ。

つまり、糸真にとっては三度目の継父。

なんかさ、その男、趣味悪くない？

そう思ったけど言えるはずもなく、言葉を呑《の》み込み、糸真にとって、家もどんどんつまらない場所になっていった。

だから無理矢理友達作って、今まで合わない感じだったギャル系の子たちとも仲良くして、それはそれで外で遊んでいる間は楽しかったし、まあこういうのもいいかな、と思っていた。

でもそんな友達も、一緒にいるうちに遠慮《えんりょ》がなくなってきて、ある日喧嘩《けんか》。

その翌日から、糸真は徹底的に無視された。

つまり、ハブられ、孤立した。

学校なんて行きたくない。部屋に閉じこもっていたら、さすがに真智は娘の異変に気づいたようだった。

「しーまちゃーん。どうしたのぉ？　失恋でもしたぁ？」

しつこいノックの音と、ドア越しに聞こえる母の甘ったるくてわざとらしい声を、糸真は耳を塞《ふさ》いで遮《さえぎ》った。

するとそんな糸真を心配したのか、持て余したのか……とにかく母は、北海道に住む糸真の実父に連絡をし、ＳＯＳを出したというわけだ。

泰弘は、二つ返事で「北海道に来い！」と言ってくれた。

そんなこんなで、糸真は、北海道に『逃げて』きたのだった。

※

父、泰弘《やすひろ》の住む家は、札幌市内にある、こぢんまりとした可愛らしい二階建ての一軒家だ。

『住友泰弘』の表札に、『糸真』が足されている。

糸真は白い息を吐きながら、学校から帰ってきた。お気に入りの赤いダッフルコートを着込んでいても、かなり寒い。

やっぱり東京とは、ぜんぜん違う。

糸真が表札を横目に見ながらガレージまで行くと、父と一緒に、見知らぬ人と犬がいた。同じ歳《とし》くらいの男の子と、それから、まあなんて大きな犬……あれは多分、ゴールデンレトリーバー。

「ただいまぁ」

取りあえず、父に声をかける。

「糸真ちゃん、お帰り」

優しく微笑《ほほえ》む泰弘の横で、

「おかえりなさーい」

男の子が、太陽のように笑った。

「え?」

糸真は、じっと彼を見つめる。

ひょろりと背が高くて、柔らかそうな無造作《むぞうさ》ヘア。薄着で、マフラーはしているけれど、この冬空に素足に靴《くつ》。時折咳《せ》き込みながらも、にこにこと笑っている。

寒そうなのに、その笑顔だけは本当に明るい陽射しのようで、屈託《くったく》がない。

カッコいいというよりも、可愛らしい感じ。

「あの……」

戸惑う糸真に、泰弘が言った。

「あっ、ご近所の和央君と、飼い犬のスミレだよ。和央君、こっち娘の糸真ちゃん」

「わ……お?」

ちょっと待て。確か、どこかで、その名前。いやいや、まさか。

「おじさん、子供いたんだ」

人なつこい様子で、和央が泰弘に聞いている。泰弘が嬉しそうに答えた。

「別れた奥さんとこにいたんだけど、また一緒に暮らすことになって。めんこいしょ、うちの娘」

ひゃー、と糸真は内心で声をあげる。なんてことを言うのだ。

「ちょ、ちょっと、お父さん」

和央はにこにこ笑いながら、じっと糸真を見つめた。

「その制服、うちの学校のだね」

どきどきする……この笑顔。優しくて、どこか儚《はかな》いような佇《たたず》まい。見つめられ、息が苦しくなるような気さえする。糸真は彼の前に座り込むと、全然関係のないことを言った。

「……あ、足首」

「え?」

「寒いなら、足首あっためないと」

和央は軽く目をみはってから、にこにこしたまま答える。

「あ、うん。僕、靴下が死ぬほど嫌いなんだ」

そうなのか。糸真は返す言葉も忘れて、ただひたすら、和央を見つめ返す。

どうしてだろう。

目が離せない。初対面の男の子の、この笑顔から……。

その時だ。

「和央――っ！」

あの不愉快な声が響いたのは。

ぎょっとして声がした方向を見ると、あいつがいる！

今日の昼間、転校生の糸真にむき出しの敵意を向けてきた、あの猛獣。確か名前は、舘林弦。それが、当たり前のように、こちらにやってくるではないか。

しかも、

「おーい、弦ー」

和央が、嬉しそうに手をあげて彼を呼んでいる。

走り寄って来た弦は、和央を前にして安堵《あんど》したような表情を浮かべたが、隣で固まっている糸真に気づくなり、再び険しい顔をした。

「お、おまえ！　何でここにいる！」

糸真はしれっと答えてやる。

「だってここ、あたしの家だもん」

文句あるか。すると、弦は目を見開いた。

「何だと！」

険悪な空気を察してか、まったく気づかないのか、和央がのほほんとした言葉を挟む。

「あれ、二人、友達だったんだね」

「友達なんかじゃねぇし！」

そんな力一杯否定しなくても、こっちからお断りだわ。糸真も負けじと弦をにらみつけた。

和央は不思議そうに小首を傾《かし》げている。

「和央、帰るべ！」

弦は不愉快きわまりないといった様子で背を向けると、立ち去ってゆく。その背にあかんべぇをしたいのを糸真はこらえた。和央が申し訳なさそうに、

「ごめんね」

と謝ったからだ。すると弦が振り返り、

「和央！」

と急《せ》かす。和央は苦笑し、犬のスミレのリードをつかんだ。

「したっけ、また明日学校で」

そう言って弦を追いかけてゆく。

「？　しい……たけ？」

この「したっけ」というのは北海道の方言で、「またね」という意味だと知ったのは後のことだ。

とにかくこの時、糸真はしばらく放心状態だったが、慌てて声をあげた。

「あ、明日学校で！」

和央と弦が振り返る。和央は、もう本当に見とれるような笑顔だ。一方、弦はあっかんべーをしている。

あ、あいつ！　こっちはやろうと思ったけど我慢したというのに。

そんな弦は、気遣うように、自分のジャケットを和央にかけてやっている。

なによ、その態度の差。

弦に対する悔《くや》しさと腹立たしさ、それから……。

和央の笑顔がいつまでも脳裏《のうり》に焼き付いていて、落ち着かないこの気持ち。

（たとえば恋に落ちるとかかな！）

読んだ時は薄っぺらく感じて、視界を滑り落ちていったような、母のメールの一文を、唐突《とうとつ》に思い出した。

「……おちる？」

恋に落ちる？

いつも、どこにも居場所がなくて、家でも学校でも脇役にしか過ぎなかったあたしが？

そんなことって、本当にあるの？

でも、もしかしたら、ここでなら、新しい居場所を見つける事ができるのかもしれない。

そんな嬉しい予感を胸に、糸真はしばらくの間、去って行く二人の背中を見つめていた。

## 2

ここは雪国なのだ。

何度も言うが、東京の冬とはぜんぜん違う。

朝から雪が降って、積もっているとなれば、服装は決まりだ。

糸真《しま》は朝ご飯を食べ終わり、立ち上がった。

「ごちそうさまでした」

「はぁい」

キッチンで皿を洗っていたスウェット姿の泰弘《やすひろ》が、身支度《みじたく》を終えてダイニングに現れた糸真を、ぎょっとしたように見る。

「し、糸真ちゃん、それで行くの？」

糸真は制服の上に赤いダッフルコート、その上にさらにダウンジャケットを着込み、マフラーを巻き、ニット帽にイヤーマフまでして、全身モコモコだ。

「うん。行ってきまーす」

「い、行ってらっしゃい……」

何かがおかしいのだろうか？　泰弘のあぜんとした様子に首をひねりながらも、その恰好《かっこう》のまま学校へ行った。

昇降口に着く頃には、糸真は自分が厚着しすぎている事に気づいていた。道行く人も、同じ学校の人たちも、誰も糸真のような防寒はしていない。

そのまま昇降口から続く廊下《ろうか》を歩いて行くと、晴歌《はるか》がやって来て、

「おはよ」

と声をかけてきたが、続けて吹き出すようにして笑った。

「おはよう……や、やっぱ変？」

「ううん。糸真って、可愛《かわい》いね」

「ええ？」

晴歌のにこにこした笑顔を見ると、嬉しいような、恥ずかしいような……でもやっぱり安心する。

うん、いい感じ。このまま平和な学校生活を送るのだと、糸真は新たに決意する。

その時、ふと昇降口の方を見ると、弦《げん》と和央《わお》が来たところだった。晴歌も気づいて、糸

真に教えてくれる。

「あ、あれが和央だよ。あの席の」

「あ、うん」

弦が、咳《せ》き込む和央の荷物を持ち、気遣っている。まったく、昨日の様子といい、まるで保護者かなにかのようだ。

晴歌が少し声をひそめて言った。

「和央ってね、弦の初恋の人なんだって」

「ええっ!?」

びっくりして、糸真は目を大きく見張った。

「初恋!?」

「幼稚園の頃。和央のこと、女の子だと思ってたんだって」

糸真は妙に納得し、ああ、と呟《つぶや》く。

「それに病弱だから、和央のこと自分が守らなきゃって、思ってるみたいでさ」

「だから、あんなんなんだ」

ようやく合点《がてん》がいった糸真に、晴歌はにっこりと笑う。

「そうなの。だから、二人の世界に誰も入れなくて」

「ふぅん？　なんか、もったいないね」

「え？」

糸真は、正直に思うことを言った。

「ほら、弦って、黙ってればイケてるのにさ」

初めて会った時にそう思った。でも晴歌が急に黙り込んだので、ふと顔を見ると、無表情になっている。

「どうか、した？」

晴歌は無表情のまま、呟くように言う。

「みんなそう思ってるよ」

「え？」

戸惑う糸真の耳に、女の子たちの声が飛び込んでくる。

「和央先輩かっこいい！」

「あたしは弦先輩」

振り向くと、後輩らしき女の子たちがきゃあきゃあと騒いでいて、彼女達に気づいた和央は笑顔で手を振っている。もっとも傍《かたわ》らの弦は和央を気遣いながらも、女の子たちのことはまるっきり無視している。

その様子を見ながら、晴歌が続けた。

「弦だけじゃなくて、和央もファンが多くて……みんなの和央みたいな？　だから、抜け駆け禁止になってて」

糸真は、どきりとした。

凍り付いたような晴歌の表情に、胸の奥がしくしくする。

「抜け駆けって」

どういう意味？

晴歌は目を細めてうっすらと笑った。

「この間ね、あの二人に近づこうとした女子が、全校の女子にハブにされてさ。今、学校に来てないの」

「ハブ……」

「まあ、それほど二人は、人気者ってことなんだけどね」

糸真は青くなって黙り込んだ。

晴歌は、話はおしまい、とばかりに、再びもとの笑顔になって教室に入ってゆく。

糸真もマフラーを取りながら、のろのろと後に続いたが、頭の中は、今聞いたばかりの話がぐるぐると渦巻《うずま》いていた。

昨日、晴歌を介して友達になった梨里《りり》や怜英《さとえ》が、こちらに駆け寄ってくる。

「おはよう」

「糸真の席、出来たよ」

怜英が指差したのは、一番後ろの席だ。

「あ、ありがとう」

「一番後ろー。いいなぁ」

糸真は席に移動し、ダウンジャケットを脱いだ。と、和央と弦が教室に入って来た。

糸真の顔が強《こわ》ばる。

和央と弦が、こちらに近づいてくる。

ど、どうしよう。

和央の方も、当然、糸真に気づき、例の太陽のような明るい笑みを浮かべ、糸真に向かって言った。

「おはよう！」

晴歌たち女子が、えっ？　と糸真を見る。和央が、屈託《くったく》なく話しだす。

「昨日あれからスミレがねー……」

「初めまして！」

糸真は高い声で和央を遮《さえぎ》った。

「て、転校して来た住友《すみとも》糸真です！」

和央は怪訝《けげん》そうな顔になる。そりゃそうだろう。

「はじめ……まして？」

「まして！」

ああ、お願い。状況察して。

無言になった和央と、それから弦にも、糸真は心の中で必死に懇願《こんがん》する。

「ちょっと、糸真、なにテンパってんのぉ」

必死の形相《ぎょうそう》の糸真に、梨里と怜英が笑い出した。でも、晴歌はひとり無言で糸真を見つめている。

和央は「ふうん」と呟いて席に座り、こちらを振り向いて、

「初めまして住友さん、よろしくね」

と言った。太陽のような笑顔は隠れてしまい、少し冷たい表情で、片足だけをにゅっとこちらに突き出すようにする。

「ちなみに、今日の僕はあったかソックスを履《は》いています」

周りはぽかんとしているが、もちろん糸真にはその会話の意味が分かっている。分かっ

ているけれど、返事をするわけにはいかない。

わけわかんない。もう嫌だ。

もうゴタゴタは嫌だ。

だってさ、やっとの思いで、北海道まで逃げてきたんだよ？

触らぬ神に祟《たた》りなし、キジも鳴かずば撃たれまいに、なのだ！

※

選択科目は美術ではなく、音楽を取った。

音楽室での授業は、先生の伴奏で合唱の練習だ。糸真と晴歌、梨里や怜英も一緒に歌う。でも、弦だけは眠そうに口パクだ。

それでいいのかい、と横目で見ていたら、案《あん》の定《じょう》、音楽の先生に注意された。

「舘林《たてばやし》君、ちゃんと歌って」

すると生徒達がクスクスと笑い出す。中には「ちゃんと歌ってぇ」と先生の真似《まね》をしてからかう男子もいる。

「うるせぇな」

と弦は反抗的で、言う事をきかない。糸真の横にいた晴歌がこっそりと教えてくれた。

「弓《ゆみ》先生って、弦のお姉さんなんだよ」

糸真は驚いて、音楽の教師……舘林弓を見る。

「へぇ、そうなんだ」

まるで似ていない。

弓はほんわかした感じの、話し方や佇《たたず》まいが上品な女性だ。柔らかそうな素材のブラウスがよく似合って、いかにも音楽の先生という感じ。

とても、あの猛獣男の姉だなんて思えない。

それに、年齢は二十七歳だというから、ずいぶんと歳《とし》の離れた姉弟ということになる。

あくまでも教師として弟を注意してから、弓はまた全体を見回して言った。

「じゃあ、続きから」

「はい」

「いち、に、さん、いち」

弓がピアノを弾き出し、再び一同で歌いだす。

糸真はふと、和央の様子が気になった。

和央はやけに真剣に、弓を見ているのだ。大あくびをしながら、面倒くさそうに歌っている弦とは対照的に。

糸真は無意識のまま和央を見つめてしまい、そんな糸真を無表情で見ている晴歌には気づかなかった。

※

翌日も雪が降っていたので、糸真はコートの重ね着をして、家を出た。

学校へ続く坂道の途中で、今まさに合流しようとしている弦と和央を見つける。

弦が和央をせき立てるように言った。

「おう、和央」

「おはよー」

「お前歩くの遅ぇよ。遅刻すっぞ」

そう言われても、和央はのんびりとした声で返している。

「お待たせ」

「お前、傘は?」

「え?　弦もさしてないじゃん」

　糸真は近くまで行って、思い切って後ろから彼らに声をかけた。

「お、おはよう！」

　振り返った和央が、にっこりと笑ってくれる。

「おはよう」

　うん。晴天にふさわしい、眩《まぶ》しいほどの笑顔だ。糸真は嬉しくて、でもすぐに申し訳ない気持ちになって、言った。

「昨日は、ごめんね」

「ん？」

「ほら、しらんぷりして」

　和央はちょっと黙り込んだものの、すぐに笑顔になって、

「今日も履いてるよ」

　とまた靴下を糸真に見せる。糸真はほっとして笑った。

「暖かいでしょ？」

「うん」

　ふたりで目を見合わせて、うふふと笑う。すると低く苛立《いらだ》った弦の声が割って入ってきた。

「……おい。俺を無視すんな」

和央は目を瞬いて、眉《まゆ》を寄せている弦を見る。

「あ、ごめん」

弦は糸真に向かって、相変わらず鋭い口調で言った。

「おいおまえ、さっさと東京帰れ」

糸真も負けじと同じように言い返す。

「うるさい、弦」

「はぁ？　ってか、呼び捨てすんな、馴《な》れ馴《な》れしい。それに、おまえ、俺と和央と話す時の声が全然違うべや」

「気のせいでしょ。それにあたし、おまえじゃないし」

「あぁ？」

糸真はふんっと横を向いた。和央がくすくす笑って促す。

「住友さん、行こう」

糸真はぱっと明るい顔に戻り、声ももとに戻す。

「し、ま……糸真でいいよ」

「うん。糸真、行こっか」

「うん」

嬉しい。こんな風に登校できるなんて。家が近くてよかった。糸真が和央と楽しく話しながら歩く後ろから、

「くそ、平和な朝が」

弦がそんな文句を言いながら、つまらなさそうについてきたのだった。

そのまま三人で学校まで歩いていったが、糸真の歩き方に、和央が気づいた。

「ねえ、なんでその歩き方なの？」

慣れない雪道だから、慎重に足を動かしていたのだ。

「え、滑るから」

なにしろ糸真は、雪道に慣れていない。一歩いっぽ、慎重に雪を踏みしめるように歩かないと、無様に転んでしまいそうだ。

しかし、糸真の答えに、和央が目を丸くして驚く。

「えぇ！」

「え？　違う？」

雪国育ちは、これくらいの雪道で転ぶ事はないのかもしれない。それでも和央は、優しく笑って合わせてくれた。

「いや、まあ、いいかもしれないね」

弦が小馬鹿にしたように割って入る。

「滑んねぇよ、ばーか」

「はぁ？」

まったく、いちいち言い方がカンに障《さわ》る。和央は、それでも楽しそうだ。

「ほら、弦も一緒に、糸真の歩き方やってみようよ」

「やらねぇよ」

「なんでぇ？　いち、に、いち、に……ほら」

すると、和央と弦に気づいた女子生徒たちが、きゃあきゃあと騒ぎだした。

「和央先輩と弦先輩じゃない？」

「え、めちゃめちゃかっこいー」

「朝から幸せすぎる」

もちろん糸真にも聞こえてきたので、思わず下をむいてしまった。

これは……あまり、喜ばしくない、不穏な状況だ。糸真にとっては。

「弦先輩かっこいい！」

「え、ねぇ、あれ誰？」

「なにあの子」

「なんで一緒にいるの？」

「ずるーい！」

それから糸真は、ひたすら滑らないように歩く事に集中して、うつむいたままでいた。家が近くて一緒に登校できるだなんて、喜んでいる場合ではなかった。糸真は、やはり、気をつけなければならないのだ。

女の子たちの反感を、うっかり買ってしまわないように。

しかし、時すでに遅しだった。


その日の休み時間のことだ。

糸真がトイレに行き、手を洗っていると、別のクラスの女子三人にいきなり囲まれた。鏡越しに、糸真をにらみつけてくる。

「仲良いんだってね」

質問も唐突《とうとつ》すぎて、すぐには状況が呑《の》み込めなかった。

「え？」

「和央と、弦と」

糸真は、はっとして彼女達を見つめた。

なるほど。糸真は、この学校における禁忌《きんき》をおかしてしまったというわけだ。晴歌にそれとなく忠告されていたのに。

でもまさか、こんな風にすぐに、それも正面から来られるとは思わなかった。

東京での、友達にハブられた記憶が、糸真を萎縮《いしゅく》させる。青ざめて黙り込んだ糸真に、中のひとりが、語気を荒げる。

「転校してきたばかりで分からないみたいだけど、和央と弦は、みんなの物なんだから」

「そうそう、だからあんまり近づかないでよね」

なんだそれ。

糸真はだんだん腹が立ってきたものの、唇を引き結んで黙って聞いていた。するとひとりが、

「ちょっとあんた聞いてるの？」

怒鳴り声をあげ、同時に糸真を突き飛ばした。糸真はよろめき、トイレの壁に背中を強く打ち付けられた。

「ねぇ。なんか言えよ、おい！」

「だ、誰かの物っておかしいよ！」

　糸真は顔をあげて、思い切って言った。

「和央だって弦だって、一人の人間なんだから！」

　はあ？　と女子たちは奇妙な物でも見るように糸真を見る。

「なにコイツ」

「転校生のくせに生意気なんだけど！」

　糸真は少し冷静になって、声を落として言った。

「好きなの？　ふたりのこと。好きならちゃんとがんばればいいよ」

「は？」

「ハブられても、好きなら好きって、ちゃんと」

　心から思う事を言っただけだ。

　しかし糸真の態度は、相手を余計に怒らせただけだった。

「バカか、お前！　空気読めよ！」

「だいたい、あいつはなんて言ってんの！」

　あいつ？

「……あいつって誰」

　女子達は呆《あき》れたような、小馬鹿にするような顔で糸真を見た。

「コイツ何もしらねぇの」

「もう行くべ」

「いこいこ」

いきなり糸真を囲って、いきなり突き飛ばしたあげく、文句を言って来た女子たちは、また勝手にぱたぱたと駆けて出て行った。

糸真はもやもやした気持ちのまま、彼女達が去った方向をにらみつけるだけで精一杯だ。


その日は調理実習があって、女子は家庭科室でクッキーを作った。

みんな色とりどりのエプロンや三角巾を身につけ、和気あいあいとクッキー作りを楽しんでいる。

晴歌が特に上手で、さすがに女子力が高い。

ハート形のクッキーに、ピンクや黄色のアイシングを施《ほどこ》し、文字まで入れて、普通にお店で売っているような出来映えだ。

怜英や梨里が、すごーいと褒めていた。

糸真は、ひとり、ぼうっとしてしまい、いつまでもボールの中身をかき混ぜていた。朝の、トイレでの衝撃的なやり取りが忘れられなかったし、そこに、過去の嫌な記憶が混ざって、不安な気持ちでいっぱいだった。

そんな糸真の様子に、晴歌が気づいた。

「糸真、聞いてる？」

糸真ははっと我に返った。晴歌がいつものように、にこにこ笑って糸真を見ている。

「どうかしたの？」

「あ、ごめん、何の話だっけ？」

「クリスマス、みんなでカラオケ行こうかって。来るっしょ？」

糸真は、ぱっと顔を輝かせた。

「うん！　行く！」

「よし、じゃあ後で予約しよ！」

「うん！」

楽しみだねぇ、と怜英や梨里も笑っている。

糸真は、再びクッキーを作り始めた晴歌たちを見つめ、考える。

平気だ。知らない子たちに囲まれて、好き放題言われて、ちょっと気持ちがざわついただけ。

ここは東京じゃないんだから。

晴歌はクッキーにアイシングで綺麗《きれい》な飾りを描いている。他のクッキーと同様に、可愛《かわい》らしく完成した。

「できたっ。クリスマスツリー」

新しい友達はみんなこんなに優しいし、楽しい。

そうだよね？

糸真は彼女達に分からないように、そっと息を吐いた。

※

糸真が五歳の時、両親が離婚してから、父の泰弘とは離れて暮らしてきた。

泰弘は時々、東京に来て糸真に会ったりもしていたけれど、離れているとやっぱり親子の関係性も薄まるというか、糸真はいまだに泰弘のことを良く知らない。

翻訳家《ほんやくか》として家で仕事をしているらしいとか、四回も結婚した母とは違い、十年間どうやらずっと独りだったらしいとか。その程度だ。

それから、よく知らないけれど、どうやら実の娘の糸真のことは無条件で好きでいてくれるらしいとか。

その父のことでもうひとつ衝撃的なことを知ったのは、クリスマスが近づいた夜のことだった。

糸真は泰弘と、近所のスーパーへ買い物に行った。

食料品を入れたカゴを泰弘がレジに持って行き、糸真は手作りケーキのためのイチゴを選んで、後から父のところへ行った。

すると泰弘が、目尻を下げ、すごく嬉しそうな様子で、レジを打つ女の店員さんと話しているではないか。

店員さんがレジを打ちながら泰弘に言った。

「今日はいつもと違いますね」

「あはは、そうなんです。今日ちょっと奮発《ふんぱつ》しちゃって。あの、ちょっと今日は、娘が一緒で」

糸真は不審に思いながらも、イチゴのパックを泰弘に見せた。

「お父さん、イチゴもいい?」

「ああ!　いいよ、いいよ、いいよ」

いや、三回も連呼しなくても。どうも様子がおかしい。泰弘はいそいそとイチゴのパックを店員さんに渡しながら、上ずった声をあげた。

「はいはい、じゃあ、これもお願いします。あ！　糸真ちゃん、この人ね、和央くんのお母さんだよ」

ええっ⁉　糸真は驚き、目を大きく見張って、まじまじと彼女を見た。

「和央の……？　そうなんですね」

彼女は糸真を見つめて、にっこりと笑う。

「いつもお世話になってます。糸真ちゃん、本当に可愛いですね」

泰弘がさらにデレッとした顔になる。

「でしょうでしょう、僕の娘ですから、えへへ、あははは」

「二人で買い物だなんて、いいなあ」

驚きを隠せず、糸真は、泰弘と和央の母を交互に見る。

化粧《けしよう》っ気がほとんどないのに、すごく綺麗な人だ。楚々《そそ》として、目元が優しくて、ほっそりとしている。

ずっと離れて暮らしていた泰弘について、この日、新たに知ったこと。

どうやらこの人、恋をしている。

しかも相手は、あろうことか和央のお母さん。

このエロ親父《おやじ》がっ！

と心の中で罵倒《ばとう》してみたけれど、もちろん、それでふてくされるほど子供ではない。

ずっと独りだったお父さんだもの、恋愛のひとつくらいしたっていいはずだ。

でも、ねえ。

なんでよりによって、和央のお母さん？

そこだけが、どうにも引っかかる糸真だった。なぜなら、この時すでに、和央は糸真にとって、気になる男の子になってしまっていたからだ。

# 3

クリスマスは、精一杯のお洒落《しやれ》をして出かけた。

いつものダッフルコートではなく、キャメル色のチェスターコートで大人っぽく。

札幌《さつぽろ》のイルミネーションもなかなか綺麗だ。糸真《しま》は携帯を出してイルミネーションの写真を撮ると、うふふと笑う。

これから、晴歌《はるか》や怜英《さとえ》、梨里《りり》たちと四人でカラオケだ。

彼女達へのクリスマスプレゼントもちゃんと持ったし……少しくらい遅くなっても、泰《やす》弘《ひろ》は怒らないだろう。

でも……。

吐く息が白く煙る。メールをもう一度確認する。

待ち合わせ時間と場所は、『三越《みつこし》のライオン前に、五時』。

テレビ塔《とう》を見ると、五時三十八分だ。

糸真はきょろきょろと辺りを見渡した。見渡す限り知らない人ばかりで、晴歌たちがやってくる気配はない。

「まだかな?」

雪が降り始めた。

イルミネーションとちらつく雪が溶け合い、街は最高に綺麗だ。糸真は空を見上げた。

そういえば、クリスマスに雪だなんて、初めてかも……。


糸真は知らなかった。

糸真が雪の中で待ちぼうけをくらっている間、晴歌や怜英、梨里たちは、全然違う場所のカフェにいたのだ。

梨里がふと携帯を見て、うわー、と声をあげる。

「ねえ、無茶苦茶《むちゃくちゃ》、着信あるんだけど」

怜英も携帯の画面を他のふたりに見せる。

「本当だあ、あたしもだよ」

梨里と怜英はふたりで顔を見合わせて、それから、気まずそうに晴歌の方を見る。

「なんかノリでやっちゃったけど、かわいそうだったんじゃない?」

晴歌はパフェを食べながら、肩をすくめるようにした。

「だって、むかつくんだもーん。あとから来たくせに、二人と仲良くしちゃってさあ」

言いながら、片手でメールを次々に打つ。

『ごめんねー、ほんと。待たせちゃってごめん！　もうすぐ行くから！』

『わーごめん、トラブった！　もう少し遅れそう』

『あと五分で出るよー』

カフェのガラス一枚向こうでは、雪が強さを増している。

晴歌は、雪の中でひとり、ずっと、待ち合わせの前で立ち続けている糸真の姿を想像し、くすりと笑う。

晴歌は最後のメールを送信した。

『今日ダメになったー。梨里と怜英も行けないみたい。ごめんねー、ほんと。あ、メリクリ！』

身の程知らずなことをしている罰だ。

晴歌はちゃんと、〝忠告〟してやったのだから。

ようやく事態が呑《の》み込めて、糸真は家路についた。

いや、もっと早く分かっても良さそうなものだったのに、どうしても、信じたくなかったのかもしれない。

だからひとりで待ち続けたけれど、晴歌からの最後のメールを確認し、とぼとぼと家に戻って来た。

ガレージに、和央《わお》がいる。

スミレに、「ほら帰るよ」と声をかけている。

そうか。スミレってば、また来ていたのだ。泰弘が時々おやつをあげたりするもんだから、それを目当てに。

和央もこちらに気づいた。糸真の頭や肩に積もった雪に目を留めたようだ。

「……どうしたの？　今日、みんなと遊ぶんじゃなかったの？」

糸真は、へらっと笑ってみせた。

「うん。誰も、来なかったんだぁ」

和央が目を見張る。

「え？　……なんで？」

糸真は、努めて明るい感じで言った。

「ハブられたみたいでさ」

「ハブ？」

「うん」

ハブられた。自分でその言葉を口にするのは、なかなか胸に来るものがある。

でも、和央の前で泣くわけにはいかない。

だって、余計に惨《みじ》めになるし、そんな醜態《しゅうたい》をさらすなんて、かっこわるい。

和央だって、糸真が泣いたらきっと困る。

だからがんばって、さらに明るく言った。

「あーあ。あたし、またひとりぼっちになるのかな」

自分の気持ちを誤魔化《ごまか》すように笑ったけれど、うまくいかない。だって和央が、じっと糸真を見つめているから。

何もかも分かっているように。

和央はふと、自分のマフラーを取ると、それを糸真の首にかけてくれた。

「え……」

ぬくもりが、糸真を包む。

さらに和央は、糸真を抱きしめた。

「だいじょうぶだよ」

優しく、優しく……まったく予想外の展開だったけれど、和央に抱きしめられた瞬間、糸真は、自分がどんなに冷えきっていたか、どんなに……誰かにこんな風に慰《なぐさ》めて欲しかったのかを、知って、涙がぼわっと盛り上がった。

糸真は泣いた。

和央の腕の中で。

こんな時に、思い出すのは、ぜんぜん関係のないことだ。

昔——学校から帰って、母の真智《まち》がいるとほっとした。でもそれは、真智の恋愛の端《は》境期《ざかいき》で、だんだんひとりの時間が多くなって。

そうすると静かな家の中で、自分の呼吸の音だけが聞こえて。鼓動がどんどん早くなってくる。

どんどん、どんどん——。

別に寂しくなんかないのに、どんどん。

どうしてだろう。

今、糸真は泣きながら、そんな昔のことを、まざまざと思い出すのだ。

ひとりぼっちだった時間のことを。

雪はやまなかった。降りしきる雪の中で、糸真は、和央にしがみつくようにして泣き続けた。

※

糸真はそのまま、家に引きこもるようにして冬休みを過ごした。

誰とも連絡を取らないまま、あっという間に新しい年になった。

糸真は首に和央のマフラーを巻いたまま、ベッドの上にごろりと横になったままでいる。

晴歌の笑った顔。

イルミネーションと雪。

渡せなかったクリスマスプレゼント。

それから……このマフラーを糸真にかけてくれた時の和央の顔が、次々に浮かんでは消える。

もうずっとその繰り返しだ。

「糸真ちゃーん」

下から泰弘に呼ばれ、のろのろと起き上がる。リビングに下りていくと、泰弘は本棚《ほんだな》の前で探し物をしている様子だ。

「ええー、初詣《はつもうで》、行こうって言ったじゃん」

泰弘は目をしょぼしょぼとさせながら、本棚から本を次々と引っ張りだす。

「ごめんねぇ、急に仕事が入っちゃってさあ」

「ふーん……翻訳《ほんやく》の仕事って大変なんだねえ」

大晦日《おおみそか》なのに。今日は夜、近所の神社に出かける約束だった。

でも、仕方がない。

糸真はため息をつくと、近くに置いてあった絵本を取り出す。『サーシャのおさんぽ』。

翻訳者のところに、ちゃんと泰弘の名前が入っている。

「これ……」

泰弘は、ん？　と振り返った。

「糸真ちゃん、小さい頃、その本好きだったよねー」

「うん。懐かしいなあ」

五歳までは泰弘と暮らしていた。父が翻訳した絵本が、大好きだった。

泰弘も表情を和《やわ》らげて思い出に浸っている様子だったが、はっとしたようにパソコンの前に座った。

「この埋め合わせは必ずするから」

「うん。がんばってね」

糸真はひとりで玄関に向かったが、ふと、首に巻いたままのマフラーに視線を落とした。

桜井《さくらい》と表札がかけられた和央の家は、この辺りでもかなり古くて、小さな建物だ。冬は家の中も極寒に違いないと、晴歌たちが話していた。

その家の前で、和央の母・由香里《ゆかり》がダウンコートを着て、雪かきをしていた。糸真はマフラーが入った紙袋を手に、由香里に声をかける。

「こんにちは」

由香里は雪かきの手を止めて顔をあげた。

「あら、こんにちは。あっ、和央?」

「あ、はい」

「ごめんね。風邪《かぜ》で眠ってるの」

風邪? もしかして、あのクリスマスの日のせいだろうか。雪がふっているのにいつまでも外にいたから。

それに……マフラーだって、糸真に貸してしまって。

糸真は罪悪感をおぼえ、持っていた紙袋の持ち手を、ぎゅっと握りしめた。

「そうですか。あ、あの、だいじょうぶなんですか?」

由香里はふっと優しく笑う。

「ありがとう。いつものことだからだいじょうぶよ」

「そうですか……あ、これ」

糸真はマフラーの入った紙袋を由香里に渡した。

「ありがとうね」

優しく礼を言われ、糸真は照れてしまい、首を振る。と、そこに弦《げん》が、スミレを連れて、ソリを引きながらやって来た。ソリには、大量のレジ袋がのせられている。

弦はちらりと糸真を見たが、スミレの手綱《たづな》を由香里に渡す。

由香里はスミレを受け取りながら言った。

「弦君、いつもごめんね」

弦は相変わらずの仏頂面《ぶっちょうづら》だったが、礼儀《れいぎ》正しく言葉を返す。

「いや全然。これ、スミレのご飯。あとこっちは、和央に差し入れっす」

糸真がひょい、とのぞくと、中身はミカンやリンゴ、バナナ、栄養ドリンクに、カイロなどだ。

「あら、こんなにたくさん」

恐縮する由香里に、弦は心配そうな顔で聞いた。

「和央、だいじょうぶですか?」

「うん。熱あるけど、だいじょうぶ」

弦はソリを家の方に運んだ。由香里が申し訳なさそうに言う。

「ああ、ごめん助かる。でも、適当でいいから!」

ふうん、と糸真はそんなふたりのやり取りを見つめる。

こいつってば、本当に、和央にはとことん優しい。

※

その帰り、なんとなく流れで二人で歩くことになった。糸真は少し先を歩く弦に声をかける。

「弦って、スミレの面倒までみるんだね」

「もともと、うちの犬だしな」

えっ、と糸真は声をあげた。

「そ、そうなの?」

「母ちゃんが動物ダメなのに、姉ちゃんがもらってきたんだわ。それで、和央に引き取ってもらった」

「へぇー、知らなかった」

あの弓《ゆみ》先生が。

弦はふん、と鼻を鳴らす。

「おまえの知らない事なんかたくさんあるんだ。俺たちの歴史なめんなよ」

ふーん。そうですか、そうですか。糸真はつい意地悪な気持ちになって、にやりと笑って弦を見る。

「歴史って……和央が初恋だってこと？」

弦は明らかに動揺《どうよう》した様子だ。

「うっせぇな！　そんなこと言ってんじゃねぇよ！　俺はな、あいつがこーんな……」

と、手で低いところを示して、

「ちっちゃい時から、ずっと一緒なんだ！　つい最近現れたおまえなんかと違うっていってんだよ！」

むきになっちゃって。

糸真の方には、べつに、張り合う気持ちなどない。

「うん……そうだね」

実際、糸真にはまだ分からないことばかりだ。

和央のことも、弦のことも……この土地のことも、新しく友達になれたと思っていたあの子たちのことも……。

ふと沈んでしまった糸真のことを、弦がじいっと疑うように見つめてくる。

「おまえ、もしかして、和央が好きなのか？」

「好きっていうか……気になるっていうか」

思わず正直に答えてしまった。すると弦は言った。

「言っとくけど、和央は誰のことも好きになんねぇぞ？」

糸真は予想外の言葉に、立ち止まった。

「なにそれ！　なんでよ」

「うるせぇな」

弦はぶっきらぼうに言い、先を歩いて行く。しかし唐突《とうとつ》に振り返った。

「おまえ、暇なんだべ？」

「え？」

弦はすいっと目を逸《そ》らすようにして、これまた予想外のことを言った。

「いつもは和央と行くんだけどな、今年はおまえで我慢してやる」

だから、どこに？　何を？

確かに。糸真はもともと、今日は泰弘と一緒に初詣《はつもうで》に出かけようとしていたのだ。予定は大きく変わって、泰弘ではなく、なぜか弦と一緒に来ているけれど、目的地は当初の予定通り、近所の神社だ。

夜の神社は、なかなか風情《ふぜい》がある。参拝客も大勢いるし、甘酒なんかも配っている。

参拝で、手を合わせるとき。糸真は、今の自分の状況が苦しい事もあって、ついつい長めに、真剣に、お願いごとをしてしまった。

それから、弦と一緒におみくじをひいた。

「うわっ！　大吉だぁ！　やったー、大吉大吉、大吉！」

喜ぶ糸真とは対照的に、弦は微妙な顔だ。

「末吉だったわ……」

「え？　末吉？」

「ちょっと結んでくわ」

糸真は、はははっと笑った。たかがおみくじで、弦の落ち込みようがおかしい。見た目や態度と違って、なんというか、可愛《かわい》いではないか。

それに……普段とは違う場所の雰囲気《ふんいき》や、甘酒のせいだろうか。弦はいつもよりずっと態度が柔らかくて、時々糸真を気遣うような様子がある。

糸真も、案外と弦と一緒にいるのが楽しい。冬休みの間、ずっと泰弘としか接していなかったから、余計にそう思うのかもしれない。

そのままの流れで、初日の出を見ようということになった。

二人で深夜の路面電車に乗りこんだ。空いている席を、弦が糸真に譲《ゆず》ってくれる。目の前に立つ弦との距離は、いつもより近い。なぜか、違和感はなかった。

糸真は弦と一緒に、車窓《しやそう》から、流れてゆく町並みを見つめた。

電車を降りてから、今度は並んで歩き出した。

「ねえ、どこに行くの？」

「あ？　山」

「山⁉」

「ああ」

どうやら、旭山《あさひやま》へ行こうとしているらしい。街灯が照らす坂道を一緒に登った。

きゅっ、きゅっ、と、雪を踏みしめる二人の足音だけが、響く。雪が積もると、世界はこんな風に静かに感じるものなんだって、引っ越して来てから知った。

静かで、足音の他には、糸真と弦の呼吸の音もする。二人で白い息を吐きながら、長い坂道を無言のまま、登り続けた。

すると突然、視界が開けて、目の前に札幌の夜景が広がったのだ。

どうやら丘のてっぺんに到着したらしい。

わあ、と糸真は素直に喜んだ。

「どうだ、いいだろ」

弦が得意そうだ。

「うん……」

本当に、なんて綺麗なんだろう。

空と地上は、すっかり夜の帳《とばり》に覆《おお》われている。そこに無数の建物の明かりが散らばり、まるで宝石箱をひっくり返したみたいだ。

壮大な夜景は、どこまでも広がっているように見える。

どこまでも、どこまでも。

糸真の悩みなんか、ちっぽけなことに思えてくるくらい。

弦が携帯を出して、写真を撮っている。糸真も同じように、夜景を写真におさめた。す

ると、

「和央いないとつまらん！」

突然、弦が叫んだので、ぎょっとして隣を見る。弦は横目で糸真を見て言う。

「おまえもなんか言えよ」

ひょっとして。初詣のあたりから、なんとなくそうかな、と思っていたけれど。糸真は思い切って聞くことにする。

「もしかして弦さ、晴歌たちの事、聞いた？」

和央から？

「……なんでだよ」

「なんとなく。慰《なぐさ》めてくれてるのかなって」

そうじゃなければ、あの弦が、こんなに糸真に付き合ってくれるはずがない。しかし弦は、ふんっとそっぽを向いてしまう。

「うっせぇな。やっぱ連れてこなきゃ良かった」

糸真は、ぷっと吹き出した。

不器用な人だなぁ。

でも、優しい。

糸真はくすくすと笑いながら、あーそう言えば笑ったのなんて久しぶりだなあ、と考えた。

そんな糸真の視界に、夜景より手前に広がる、丘の下の広場が飛び込んでくる。雪が一面に降り積もり、まるで銀色の舞台のようだ。

そう、舞台――。

糸真は、ザクザクと雪の中を歩き出した。

「おい！　何してんだよ！」

弦の声を背中に聞いて、それでも糸真は雪の広場へと降りてゆく。

「……ったくよ」

弦もぶつくさ言いながら、一緒に広場まで降りてきた。

糸真は、雪の広場で靴《くつ》についた雪を払って、マフラーを取り去った。それから、ぎごちない動きでバレエのパッセのポーズを取る。

弦が奇妙なものでも見るような目つきで糸真を見た。

「なにしてんだ？」

「バレエ。小さい頃やってたの。すぐ挫折《ざせつ》したけど」

「ふーん」

糸真はぎごちないながらも、パッセ、アラベスク、パンシェなど、次々に昔習ったバレエのポーズをつけて踊る。

だんだん、動きが軽やかになってくる。雪が降る中、しばらくの間、無言で踊り続けた。弦も、特に冷やかしたり馬鹿にしたりせず、黙って糸真が踊るのを見ていた。

と、突然スマホカメラのシャッター音が聞こえ、糸真は、え？　と弦の方を振り返ろうとした。しかし、バランスを崩して足を滑らせてしまう。

「わっ……」

倒れた糸真は、雪の上で大の字になった。

これには弦も、ひゃひゃひゃひゃ、と笑い出す。

「どんくせえ」

そう言いながら、こちらに近づいて来た。

糸真は、寝転んだまま、ずっと空を見上げていた。

真っ黒な空から、雪がちらちらと降っては、糸真の顔や髪に落ちて、すうっと溶けてゆく……。

どのくらいの間そうしていたのだろう。

とうとう、弦が聞いた。

「おい、どうした」

「あたしさ」

糸真は、唐突《とうとつ》に話しだした。

「東京で、ハブられてこっち来たんだよね」

弦は何の反応も見せなかった。だから糸真の方からせっつく。

「なんで黙るの。ダッセェって言ってよ」

「……ダッセェ」

ふふふ、と糸真は笑う。

「ねえ、プリンシパルって知ってる？」

「何だそれ、知らねぇ」

「バレエの階級のことなんだけど。一番トップの主役のことを言うの」

「主役？」

「そう」

糸真は立ち上がり、服についた雪を払う。札幌の美しい夜景が、視界に飛び込んできて、目に染みるようだ。

綺麗だな。本当に綺麗だ……。

いつの間にか、弦が隣まで来ている。

「あたしね。自分が主役になれる場所、ずっと探してるんだ」

昔――台所に放置してあった母の日記を、こっそり読んでしまったことがある。中身は育児日記なんかじゃなくて、当時母が付き合っていた彼氏のことばかりだった。

そして泰弘も、こちらで、自分の恋愛を始めようとしている。

つくづく親は、親として子供のためだけに生きているわけじゃないんだなあ、と思う。

誰だって、自分が主役の人生を生きる権利がある。

でも、糸真は……とてもじゃないけれど、日記なんて書くもんじゃないと思うのだ。

文章にしてしまえば、今まで気づかないフリをしていた事実を浮かび上がらせてしまうから。

糸真が、今までずっと、誰かが主役の物語の、脇役にしかすぎなかったこと。

楽しくて嬉しいことよりも、苦しくて、寂しくて、どうしようもないことの方が、ずっとずっと多かったこと……。

あの日。

和央に初めて会ったあの日。自分の物語が、始まったような気がした。

〝落ちる――〟

確かにそう感じたんだ。

だって和央は、それまでに出会ったどんな男の子とも、まるで違ったから。

キラキラして、目を離すことができないくらい、輝いて見えたから。

新しい年の太陽が昇ってくる。

糸真は目を細めて夜明けを見つめる。そんな糸真の横顔を、弦がずっと見ているような気がしたけれど……糸真はただひたすら、夜明けの光を見つめ続けていた。

# 4

新学期が始まった。

糸真《しま》は牛乳を一気飲みして、

「よし！」

と気合いを入れる。

「行ってきます！」

まだ朝食の途中だった泰弘《やすひろ》は、テーブル越しに驚いた様子で糸真を見る。

「い、行ってらっしゃい」

糸真は頷き、まるで戦場へ赴《おもむ》くような気持ちで、勢い良くドアを開けて外に出た。

晴歌《はるか》たちにハブられて、ひとりぼっちの新学期になったとしても。

ここでへこたれるわけにはいかなかった。

　ホームルーム前の教室はざわついている。

　糸真は緊張して強《こわ》ばった顔のまま、自分の席に着いていた。と、そこへ、梨里《りり》と怜英《さとえ》が、気まずそうな顔で近づいて来た。

　糸真が、思い切って立ち上がると、怜英がまず言った。

「クリスマスはごめんね」

　続けて梨里も謝る。

「ごめん」

　二人が揃《そろ》って頭を下げるのを見て、糸真は慌てて首を振った。

「いや、そんな、頭上げてよ」

　まさか謝ってくれるなんて思わなかったから、鼻の奥がつんとした。「だいじょうぶ。だいじょうぶだから」本当は泣きそうだったけれど、やっぱり嬉しくて笑って、怜英と梨里も笑ってくれて、ほっとした。

　そこへ、晴歌が教室に入って来た。こちらを一度だけ見ると、無言のまま、どさりと鞄《かばん》を置き、無表情で、マフラーを取る。

　微妙な空気が漂う中、糸真は意を決し、晴歌に声をかけた。

「おはよう晴歌！」

晴歌は黙りこくったまま、脱いだコートを抱えて、教室の後ろへ行く。糸真は彼女のところまで行った。

糸真は、自分で分かっていた。

前は逃げて、ここに来たけれど、今度は逃げたくない。

自分でなんとかするんだ。逃げないで、ちゃんと向き合わなくちゃ。

「ねえ、晴歌！」

晴歌が立ち止まり、振り返ると、キッと強い瞳で糸真をにらんだ。初めて見る、いつもにこにこしていた晴歌の、感情むき出しになった表情。

そこへ弦《げん》と和央《わお》もやって来たが、糸真は構わず、晴歌に言った。

「あたしに言いたい事あるんでしょ！　だったら、ちゃんと言ってよ！」

教室がシンと静まりかえる。クラスメイトたちは、二人の不穏な様子に気づいて、固唾《かたず》をのんで見守っている。

そんな中、晴歌は無言のまま、ただ、糸真をにらみつけるだけだ。

糸真は、焦れて、さらに言った。

「言ってくれなきゃ、分かんないよ！」

それでも無言の晴歌に、糸真は、自分の正直な気持ちをぶつけた。

晴歌が言わなくても、糸真は言うべきだ。正直な、糸真の気持ちを、ぶつけるべきだ。

糸真が、本当はどうしたいか。晴歌と、どうなりたいのかを。

糸真は息を吸い込み、思い切って言う。

「あたしは……あたし、晴歌と仲良くしたい！」

とたん、晴歌の表情がさらに険しくなった。

「何が仲良くだ！　いい子ぶんな！」

「ぶってない！　本気だよ！」

どちらも、瞬きもせず、相手をにらみつけた。

教室の空気がぴんと張りつめている中、

「なあ、国重《くにしげ》」

のほほんと、晴歌を呼んだのは弦だ。

この状況で、いったい何を言うつもりなのか。

糸真だけではなく、周囲のクラスメイトたちが息をのんでいると。弦が、口を開いた。

「おまえもそんな顔すんのな。なんか面白れぇなぁ」

次の瞬間、晴歌の大きな目から、大粒の涙がぼろっとこぼれた。弦が驚いた様子で少しだけ後ろにのけぞる。

晴歌が教室を飛び出していった。糸真は慌てて、彼女を追いかけた。

側《そば》にいた和央が微笑《ほほえ》み、弦の背中をぽん、と叩いて笑った。

「弦、ナイス」

「あ?」

弦は、さっぱり分からない、といった顔をしている。


晴歌は前方をにらみ据えるようにして、学校の廊下《ろうか》をずんずんと歩いてゆく。糸真は少し離れて、その後ろについていった。

晴歌が、前を見たまま、言う。

「言っとくけど、あたし、ものすごく性格悪いんだよね」

すごい、と糸真は感心する。あんなに感じが良かったのに、この態度の豹変《ひょうへん》っぷり。人ってこんなに変われるんだ。

そう考えたらおかしくて、糸真はくすくすと笑い出してしまった。

晴歌が振り向いて、糸真をにらみつける。

「ちょっと!」

「ごめんごめん。あたし、自分のこと性格悪いって言う人、本当は悪くないって思うんだよね」

晴歌は一瞬だけ目を見張った後、ぷいっと横を向く。

そんな晴歌に、糸真も、もう遠慮《えんりょ》はいらないとばかりに聞いた。

「あのさ、間違ってたらごめんね、もしかして晴歌って……弦のこと」

晴歌は、あ、と呟《つぶや》いたものの、答えない。しかし、その、ものすごく照れたような顔が答えを物語っている。

やっぱり。

「あ、あんたは、和央のこと狙ってるんでしょ?」

逆に聞かれて、糸真も動揺《どうよう》する。

「え?　狙ってるっていうか……」

晴歌がまた険しい顔をする。

「じゃあ、弦なわけ?」

糸真はさらに慌てた。なんでそうなるの。

「いや、ないない、絶対ないよ。あんな口が悪くて、人の気持ち分かんなくて……ま、その割に和央のことは分かってて、でも和央がいないと独りぼっちなやつ」

晴歌は、ふと真顔になり、じっと糸真を見つめた。

「……ねえ糸真は、今まで男の子好きになったことある？」

「え？　なに突然」

「いや、なんとなく」

糸真は腕組みをして考える。

「うーん。女子校だったからなぁ」

「そう……」

晴歌はにっこりと笑ったが、目だけは笑っていないという怖い表情を浮かべ、意外なことを言った。

「まああたしの一番の敵は和央かな」

糸真は驚き、じっと晴歌を見つめ返す。

「和央？」

晴歌は頷《うなず》き、真実を衝《つ》くような言葉を口にした。

「弦は和央から自立しないとダメなんだから！　あたしは、和央がいっちばん邪魔！」

糸真と晴歌は束《つか》の間《ま》沈黙して、互いの顔を見つめ合った。

どちらからともなく、微笑む。それから、張りつめていた空気が一気に柔らかくなって、結局ふたりで、笑い合いながら教室に戻った。

その間で、糸真は考えていた。

晴歌って、鋭いなあ。

きっと、本当の彼女は、こんな風に真っ正直な言葉をポンポンと出す人なのだ。

それを知れたことが嬉しくて、目眩《めまい》すらする。

誰かに似ている……うん、そうだ。弦に似ているのだ。

※

弓《ゆみ》ちゃんのピアノの音は昔から変わらない。

そう、和央は思う。

音楽室に近い廊下の窓を開けて、和央は弓のピアノの調べに耳を澄ませる。モーツァルトの『フィガロの結婚』……弓が好きな歌劇だ。その軽やかな調べは、昔と変わらないのに、それを聴く和央の気持ちの方が変化している。

弓のピアノを聴くのは好きで嬉しいのに、こうしていると、苦しくて、何かに焦るような、落ち着かない気持ちになる。

和央は深く息を吐いた。

弦も弓も、和央の幼馴染《おさななじ》みだ。

弓とは今、学校の教師と生徒という関係だが、目を閉じれば、和央はいつだって子供時代を鮮やかに思い出すことができる。

弓がどんなに優しくて、面倒見が良くて、綺麗《きれい》だったか。

自分がどんなに彼女を慕《した》っていたか。

静かな気持ちで、廊下に佇《たたず》み、そっと彼女が奏でる音色に耳を傾けて、過去と今を思う。

そこへ、弦がやって来た。

「帰ろうぜ」

「うん」

和央はいつも通り、弦と一緒に家へ帰った。

※

糸真は落ち着かない気持ちで、馴染みのないレンガ造りの建物の前にいた。

サッポロビール園……明治時代の建物を生かした、ジンギスカンを食べられるビアホールだ。

糸真は、周囲をきょろきょろと見渡していた。そこへ、

「糸真ちゃーん」

明るい声とともに、母の真智《まち》が店から出てきた。

「お母さん！　久しぶり！」

真智はふっくらとした顔の中のつぶらな瞳を、軽く見張る。

「あっれぇ、なんか糸真ちゃん、可愛《かわい》くなった？」

「ええ、そうかなぁ？」

「もしかして、もしかしたら恋なんかしちゃったりしてる？」

真智は相変わらずだ。

気まぐれで、自分勝手で、唐突《とうとつ》で……今日もいきなり電話が来たと思ったら、札幌《さっぽろ》に来ているから会いたいだなんて。

慌てて駆けつけてみれば、開口一番にこれだ。

「もう、会って早々そんなこと聞くかなあ」

「えー、いいじゃんいいじゃん、聞かせてよ？」

この人の頭の中はいつだって、恋愛のことでいっぱいなのだ。

それでも久しぶりに母に会えた喜びに、糸真は真智と腕を組みながら店の中に入った。

しかし、連れていかれた席に、すでに座っていた二人を見て、糸真はぎょっとするはめになる。

そこには、父・泰弘と……それから、和央の母の由香里《ゆかり》がいるではないか。

「え？　な、なんで二人？　え？」

真智はうっふふ、と含みがありそうな笑いを浮かべる。

「さっき偶然会ったのよねぇ。いいからいいから、座って！　あれなにー、まだお肉焼いてないのぉ」

と、さっさと席に座り、注文してあったらしい肉を焼き始める。

泰弘は当然のことながら、居心地が悪そうだ。

「あ、あのね、糸真ちゃん」

と、由香里がさっと立ち上がった。

「あ、あの、私はこれで……」

泰弘が慌てる。

「え！　あ、待ってください！」

「でも親子水入らずの方が……」

真智はそんなやり取りに我関せず、といった様子で肉をつつきながらビールを飲んでいたが、しれっと言った。

「まぁそうねぇ、今日ぐらい私に譲《ゆず》ってくれてもいいかもね。あなたはいつでも会えるんでしょうし」

泰弘が呆《あき》れた様子で真智を見る。

「あ、あなたが無理矢理連れて来たんでしょうが！　相変わらず強引だなあ」

由香里は微笑《ほほえ》み、ひとつ、お辞儀《じぎ》をした。

「失礼します」

「あ！……」

去って行く由香里の背に、泰弘が未練がましく手を伸ばす。

哀れなり、泰弘。その横で、真智はジョッキをあおりながら、平然とメニューを見ている。

「ねぇ、カニも食べたくない？　すいませーん！」

手をあげて大声をあげるも、店員は気づかないようだ。

「すいませーん！　もう全然気づいてない。行ってくる」

しびれを切らして真智は店員を呼びに行き、テーブルには糸真と泰弘が残された。

糸真は、ぽつりと呟くように言う。

「……知らなかった」

泰弘は非常に気まずそうだ。

「あの、糸真ちゃんが嫌だったら……」

「嫌っていうか、ねぇ。まあ、恋愛は自由だと思うけど……」

そう、恋愛は自由だ。

それに泰弘は、真智と違い、離婚後もずっと独りだった。そうは思うけど、でも、でもねえ。

お父さん。この状況、かなり複雑だよ？

店の前で待つ糸真と泰弘のもとへ、真智が遅れて出て来た。手には大きなビニール袋を持っている。

「ふふふ……これ！」

茶目っ気たっぷりの笑顔で、それを糸真に、はい、と手渡す。

「え？　なに？　ちょ、重っ」

中を見ると、大量の羊肉だ。遅いと思ったら、これを買っていたのか。

「だって糸真ちゃん食べないんだもん。さっきのあの人呼んで食べなよ」

「はぁ？」

またこの人は、突拍子のないことを言い出すんだから。

しかし真智は娘の微妙な表情など気づかない様子で、

「じゃあね糸真ちゃん！　いい恋しなね！　恋すると新しい自分になれるんだよ！」

などと言う。

それから、たぶん、クラーク博士を気取って、

「ボーイズビーアンビシャス！」

と空を指差し、手をぶんぶん振りながら帰っていった。

泰弘と糸真は呆然《ぼうぜん》と立ち尽くして真智の背中を見送った。

泰弘が苦笑し、ぽつりと呟く。

「それを言うなら、ガールズビーアンビシャス、じゃない？」

※

突拍子もない母の、突拍子もない提案で、住友《すみとも》家の夕食はジンギスカンになった。

ジュージューと羊肉が焼ける音がリビングに響く。

糸真は、なんだかニヤニヤしてしまう。隣に座る和央も同じように笑っている。

内緒のデートを真智に邪魔された泰弘は、がんばった。がんばって由香里と和央を自宅での焼き肉に誘った。

糸真と和央の向かいには、泰弘と由香里が仲良く座り、焼けたばかりの肉を由香里に取り分けたりしている。

「いっただきまぁす」

四人で声を揃《そろ》えて言い、和気あいあいの食事になった。

焼きたての羊肉を食べると、驚くほど美味しい。

「おいしい！」

糸真が言うと、気もそぞろの泰弘がうん、うん、と頷く。

「おいしい？　おいしいねえ。あー、よかったよかった」

不思議なメンバーだが、泰弘は相当に嬉しいらしい。由香里に、

「あ、ビール」

と気遣ってもらって、さらにうわずった声を出す。

「あぁ、すみません。ありがとうございます」

それを見て、糸真と和央はまたニヤニヤしてしまうのだ。

泰弘は、ビールをぐいっと飲んで、由香里に言った。

「なんか今日は、ホントにすみませんでした。あの人いつもあんな感じで、でも悪いヤツじゃないんですよ。根はいいヤツで……いやぁ、なんで俺かばってるんだろ」

本当だよ、と糸真は内心でツッコミを入れる。しかし由香里は優しい声で言うのだ。

「ええ分かります。愛情の見せ方なんて、人それぞれですし」

泰弘はじーんとした顔をして、由香里の言葉に深く染み入った様子だ。糸真もなんだか嬉しかった。

ふと、由香里が糸真を見て言う。

「糸真ちゃんは、お母さんと似てるのね」

「え！　そうですか？」

「うん、可愛らしい雰囲気《ふんいき》とか」

泰弘は由香里を束《つか》の間《ま》、愛《いと》しそうに見つめていたが、突然背筋をしゃんと伸ばし、と意を決したように切り出した。

「あの！」

「これからもこうやって一緒にいられると嬉しいです！　僕と……僕と、結婚してもらえないでしょうか！」

こ、子供同伴プロポーズ……！

並んで座る糸真と和央は、揃ってあぜんとする。さらに、

「……はい」

由香里がそう返事をしたので、糸真はますますあぜんとした。

糸真はそっと和央を見る。

この人と近づきたいと思っていた……けれど、まさかの家族として⁉

いい雰囲気を壊さないように、糸真と和央はふたりで目配せし合って、そっとリビングを出た。

和央が、気遣うような眼差《まなざ》しで糸真を見ているので、ははっと笑ってみせる。

「あたし、慣れてんの。お母さんが四回も結婚してるから」

すると和央は、そっと糸真の手を握って言った。

「もし……そうなったら」

「ん？」

和央は、ふっと優しく微笑む。

「スミレも一緒でいいのかなあ」

糸真も笑い、ぐっと和央の手を握り返す。

「当たり前じゃーん！」

そこへ父の泰弘がタイミング良くやってきて、照れた顔のまま、言った。

「じゃあ、まず、スミレ用ベッドなぞを買いますか！」

うん、それはナイスだ、お父さん！

# 5

結婚式は、小さな教会で執《と》り行なわれた。

春——東京より少し遅れてさくらが満開になった日。柔らかなピンクの花びらが舞い散って、式を祝福してくれているようだった。

札幌《さっぽろ》市内を一望できる伏見《ふしみ》の丘に建つ教会で、緑に囲まれた純白の建物で行われた式は、とてもロマンチックだった。

タキシードで正装した泰弘《やすひろ》は、緊張はしていたが幸せそうだったし、由香里《ゆかり》は、とってもとっても綺麗《きれい》だった。和央《わお》や糸真《しま》のほか、弦《げん》や晴歌《はるか》、スミレまで参列して、少人数ながらも、とにかく和《なご》やかな式になった。

その後、泰弘と由香里を囲んでの家族写真を、弦が撮ってくれた。

ファインダーをのぞく弦が浮かべていた何とも言えない表情に……この時、糸真は気づく事はできなかった。

とにかく、こうして和央と由香里は（もちろんスミレも）、新しい家族になって、住友《すみとも》家にやって来た。

糸真は四月生まれで、和央は翌年の三月生まれ。だから和央は糸真の弟ということになるのだろうか。

本当に複雑だ。

好きな人が、義弟になってしまうとは。

この日の朝も、糸真があくびをしながらドアを開けると、向かいの部屋のドアも開いて、そこから和央が出て来た。

和央もあくびをしながら、

「おはよ」

と言う。

「お、おはよう……」

糸真は慌てて寝癖《ねぐせ》を直す。いや、こういうことにも慣れなくてはならないのだ。

リビングへ下りてゆき、スミレのお皿にごはんを入れるのも糸真だ。

「ごはんにしよぉ」

全身から幸せなオーラを放ちながら、泰弘が声をかける。和央が、

「はあい」

と返事をして、四人で食卓に着いた。和央は、糸真の隣の席だ。

泰弘が感動のあまりか、目をキラキラさせて食卓を見渡す。

「うわあ、なんかすごいなあ。朝からこんな和食のご馳走《ちそう》が食べられるなんて！」

トーストばかりだった朝食は、ご飯とお味噌汁、ジャガイモの煮物や、アスパラやニンジンの温野菜など、見た目も綺麗な栄養満点のメニューに変化した。

泰弘が感動するのも当然だし、糸真だって、なんだか嬉しい。

それから、泰弘の「せーの」に続いて、

「いただきまぁす」

と四人で声を揃えて、食事が始まった。和央が、

「糸真、それ取ってくれる？」

などと糸真に頼む。

「え、あ、うん」

糸真は自分の前にある、三種類のソースが盛られた皿を和央に渡す。

「ありがと。糸真、アスパラをここにつけて食べるの。おいしいよ」

糸真は言われた通りにして食べる。味噌マヨネーズが、確かに、新鮮なアスパラにぴったりだ。

「へぇー」

「ん！　おいしい」

由香里がほっとした顔をした。

「いける？　あー、良かった！」

泰弘は、もうどんどん、幸せそうな顔になってゆく。

「おしゃれな食べ方知ってますねー。すごいなあ」

新しい住友家の食卓は、笑いと幸福で満ちている。

スミレも、ワフッと嬉しそうに尻尾《しっぽ》を振っている。

家族かよ！　とツッコミを入れたくなる気持ちと、なぜか割と自然に受け入れちゃっている気持ち……はざまで揺れる、糸真の乙女心《おとめごころ》なのであった。

※

結婚式の数日後——。

和央はひとり、舘林《たてばやし》家の前に立ち、チャイムを押した。

舘林家は立派なお屋敷だ。改めて見ると、本当に大きな家だ。

弦が出迎えてくれ、広いリビングに通される。ここも、昔から何度も来た。モダンでお洒落《しやれ》なインテリアで、天井が高い。

和央は弦に、持って来た紙袋を渡した。

「弦、これ、母さんが、写真のお礼にって」

結婚式の写真を、弦はたくさん撮ってくれていたのだ。

「ふーん、別にいいのに」

「弓《ゆみ》ちゃんは？」

と弦は紙袋の中をのぞく。和央は周囲を見渡した。

「あー、ボランティアじゃね？　ピアノ教室の」

弦はそう答えて、テレビの電源を入れた。ゲームをするつもりらしい。和央も昔から、ここで一緒にゲームで遊んだ。

すると足音が響いて、二階から、弦の母親の琴《こと》が下りてきた。和央はいつものように、ぺこりと頭を下げる。

「あ、こんにちは」

「どうも」

　琴は、弦に似て顔立ちが整った綺麗な人で、服装も常に洗練されている。でも、昔から、和央に対してはそっけない人だ。

　弦は母親に紙袋を渡した。

「これ、和央の母ちゃんから、紅茶」

　琴は紙袋を受け取り、そっけないままの口調で、

「ご結婚、おめでとうございます」

　と言った。

「あ、ありがとうございます」

　それから琴は出て行った。弦がテレビの前のソファに座って、ゲームを始めようとしている。和央は弦の隣に座って、呟くように言った。

「……ねぇ、弦」

「んあ？」

「今まで、ありがとね」

　弦は顔をしかめる。

「なんだそれ、別れの挨拶《あいさつ》か？」

「いや、なんとなく。弦にはいろいろやってもらってたし」

弦は束《つか》の間黙《ま》り込んだが、やがて言った。

「やってもらってたとか言うなよ。あげてたわけじゃねぇし」

和央も少し黙ってから、言った。

「うん……でもやっぱり、もらってた、だよ。何でも持ってる弦に」

弦の家は裕福で、弦はそれをひけらかすことも、恩に着せることも決してなかったけれど、和央が彼と姉の弓に世話になっていたことは事実だ。

母の由香里が仕事で遅い時は、何度もこの家で、家政婦さんが作る夕飯をご馳走になった。

由香里が過酷《かこく》なパート勤めで倒れた時は、この姉弟が、真っ先に駆けつけてくれた。

病院の待合室で、まだ高校生だった弓が、心細さに震える和央の肩を抱いていてくれた。

あの時の弓の手の温もりを、和央は昨日の事のように憶えている。

母子家庭を引け目に感じた事などない。

でも、母子家庭であるがゆえに困ったことは現実として何度もあって、そういう時、いつも側にいて寄り添ってくれたのが、弦と弓だ。

だから、してもらってた、のだ。

弦はじっと和央を見つめて問う。

「……金の話か」

和央は頷《うなず》いた。

「そうだよ、お金の話。最初から何もかも持っている弦には分からないと思うけど」

再び黙り込んだ弦に、和央は、へへへと笑う。

「何か僕、すごいカッコ悪いね」

「……おまえは、俺にやってもらうのが嫌だったのか?」

和央は力なく笑う。

卑屈《ひくつ》な気持ちで言ってるんじゃない、と言おうとして、でもやっぱり、卑屈な気持ちで言ってるんだと気づいたら、妙におかしくなったのだ。

当然のことながら、和央の言葉も、態度も、ひどく弦を傷つけていた。

「ふざけんな!」

弦は叫んだ。

違う。ふざけてなどいない。

弦は……和央の面倒を見なければならないと思っている。

初めて出会った小さな時から。

貧乏で身体《からだ》が弱く、よく女の子に間違われていた和央を、自分が守らなければならないのだと。

それは弦の優しさのためだが、それだけではないことに、和央も気づいていた。

今、だから、和央はあえて言う。

「……そういうふうに囚われている弦が嫌だ」

弦は今度こそ本当に、黙り込んでしまった。

糸真が、このふたりの変化に気づくのに、そう時間はかからなかった。

和央は、すでに、弦の一部だった。

糸真と泰弘が、その一部を、奪い去ってしまったのだ――。

※

教室の空気が変わった。

弦は和央の方を見ない。

和央も、弦の側に行かない。奇妙なその変化に、糸真はただ困惑し、ふたりを交互に見ることしかできない。

そこに晴歌が、いつものようにやって来て明るい声で言った。

「しっかし、あんたら、本当に姉弟になったんだね」

和央は、いつものようにふわりと笑う。

「ねぇ」

と糸真に同意を求める。糸真は、

「え、あ、うん」

と応じながらも、弦の様子が気になって仕方がない。晴歌はさらに、しれっととんでもないことを言い出した。

「あんたらもくっついちゃえばいいのに？」

「ちょ、ちょっと晴歌、やめてよ」

糸真は慌てて声を潜める。

「和央にだって選ぶ権利あるじゃん」

「そう？」

晴歌は小首を傾《かし》げるようにした。こ、この小悪魔が。すると和央は和央で、にこにこして言ったのだ。

「糸真にも選ぶ権利あるよね？」

糸真はなんと答えたらいいのか分からず、苦笑するしかない。

弦が、がたんっと大きな音を立てて席を立つと、コートをかけるために、教室の後ろへと行った。

その時だ。

糸真と和央を、離れた場所から見ていた男子生徒数人が、大きな声で言った。

「同じクラスで同じ家から登校って、どうなんだよ」

「なんかこっちが気遣うわ」

「ってかさ、弦から糸真んちに乗り換えたってこと？」

「そー。舘林《たてばやし》から住友に乗り換えたの、しかも親子で！」

弦が――振り返って、彼らを見た。

「おい」

「え？」

「今、おまえなんつった！」

凄《すご》みのある声と、表情で、弦が男子たちに向かって行く。

いけない。

弦がひとりの男子の胸ぐらをつかんでいる。

「ちょ、ちょ、ちょっと！」

糸真は後先考えず、その場に飛び込むようにして駆けつけていた。

「弦！　やめて！」

弦が男子を殴《なぐ》ろうとして大きく一度引いた肘が、見事に糸真の鼻にあたる。目の裏がチカチカして、鼻血が吹き出し、糸真は後ろに大きく倒れ込んだ。


「弦が、女の子、怪我《けが》させたって聞いたんですが！」

息急き切って保健室に入ってきたのは、弦の姉の弓だ。糸真はちょうど、鼻にガーゼを入れて、和央に介抱されている時だった。

弓は、ひどく申し訳なさそうに糸真に謝った。

「住友さん大丈夫？　……弦が、ごめんなさい」

糸真は恐縮して首を振る。

「あ、いえいえ、そんな大したことないんで大丈夫です」

「……本当？　良かった」

弓は安堵《あんど》の息を吐いた。和央は、ずっと弓を見つめている。弓はそんな和央に気づいて、今度は彼に向き直った。

「和央、弦と喧嘩《けんか》した？」

和央は小さく頷く。

やっぱり。

糸真はそっと和央を見た。

おかしいと思った。ふたりが口をきかないなんて。

弓が辛《つら》そうな顔で、呟《つぶや》くように言う。

「あの子、最近変だったから」

「弦に……今まで、ありがとうって言ったんだ」

弓は、優しく和央を見つめている。

奇妙な疎外感《そがいかん》。糸真は、今さらのように気づく。和央と弓、ふたりの間に流れる、独特の空気に。

弓はさらに、優しい穏やかな声で、和央に言う。

「弦はね、和央の事、守ることで、自分を支えているのよ」

和央は、一瞬だけ、とても弱ったような顔になった。

「人を守るつもりで、自分を一生懸命支えているのよ」

和央は、震える声で聞く。

「じゃあ、僕が否定したら、弦は支えを失うの?」

「そうねぇ。そうでしょうねぇ」

和央の頬《ほお》に涙が伝う。静かに、声も立てず、和央は泣いている。糸真はどうしていいか分からず、和央を見つめるばかりだった。

※

翌朝。糸真は、和央と一緒に登校する坂道の途中で、ちょうど家から出て来た弦を見つけた。

和央の様子を気にしながらも先に駆け出し、弦の背中に、思い切り明るく声をかける。

「おはよ!」

弦は振り返ったものの、無視して先に歩いていってしまう。

今度は和央が先に、弦を追いかけた。慌てて糸真も後に続く。

「ねえ、弦」

和央は言った。

「僕が言ったのは、全部本当の気持ちだけど、弦と離れたかったわけじゃないよ」

弦は答えない。ひと呼吸置いて、和央は続けた。

「それだけは、信じて欲しいんだ」

すると弦は、振り返り、糸真にとって、予想外の言葉を口にする。

「だろうな、俺には弓ちゃんがついてくるからな」

どういう意味か分からず、糸真は和央の顔を見た。すると和央は弦の背中に鞄《かばん》をぶつけて怒鳴った。

「一生すねてろ！　ばか！」

それから鞄を拾い、ひとり、すたすたと歩いていく。

弦は和央の背中を黙って見ている。

途方に暮れて、迷子の子供みたいだ。

糸真は糸真で、今、弦が言った言葉の意味を考えていた。

「弓ちゃん？　弓先生？」

弦は、ぼそりと呟くように答える。

「……とっくに気づいてるかと思ってた」

ええっ……。

「それって……そういう意味、だよね？」

つまり、和央が、弓先生を……弦の姉のことを。

弦は、深くため息を吐く。

「なあ、俺は、どうしたらいい？」

うなだれている弦なんて、弦らしくない。さらに弦は、らしくない弱気な言葉を吐き続ける。

「あいつは……これまでの俺たちの関係を、勝手に締めくくって切り捨てた。今までの俺を全否定した。じゃあ、これからどうしてったらいいのか……俺には分からねえ。なんもなくなった」

（弦は和央から自立しなきゃダメなんだから！）

以前、晴歌が、そう言っていた。

晴歌、お見事だ。

糸真はしばらくの間、風にそよぐ弦の茶色い髪を見ていた。後ろ姿だけでも、彼が弱っているのが分かる。

おそらく本当に、どうしたらいいのか分からないのだろう。

糸真は思い切り手を振り上げると、渾身《こんしん》の力で、うなだれる弦の背中をバシッ！　と叩き付けた。

「いってぇな、なにすんだよ！」

振り返り、弦は怒鳴った。しかしそれに負けないくらい大きな声で、糸真は怒鳴り返す。

「どうしたらいいのかって、好きにすればいいでしょ！　誰があんたに何かを禁止したのさ！　なんだって好きにしなよ！」

勢いに任せて糸真は叫び、驚愕《きょうがく》の表情でこちらを見ている弦に、さらに言った。

「彼女でも作って、和央から自立しろ！」

それから怒りを全身にまとうようにして、ずんずんとその場を歩き去った。坂道の途中に、ぽつんと取り残された弦のことなど、振り返ってやるものか。

※

その夜。糸真が風呂からあがり、濡れた髪を拭きながらリビングに入っていくと、続きのサンルームに和央がいた。足元には、スミレもいて、和央を心配そうに見上げている。

糸真は、遠慮《えんりょ》がちに和央に声をかけた。

「わ、お」

「……うん」

和央の横に並ぶと、和央は、糸真の肩にもたれかかるようにした。

糸真はドキッとしたが、それよりも、和央の様子の方が気がかりだった。

昨日、和央は泣いた。

本当に、まあ……あんな風に綺麗《きれい》に泣く男の子なんて初めてだ。

糸真は言いたい。

和央、あのね、あたしだって嫌だよ。弦と和央、ふたりが仲良くないなんて、そんなの耐えられない。でも弦は今、たぶん、傷ついていて、和央も自己嫌悪に苛《さいな》まれてる。

糸真は聞きたい。

和央……本当に、弓先生のことが好きなの？

でも糸真は、黙っていた。

ただ、黙って……にわかに弟になった彼に、肩を貸して、優しく頭を撫《な》でてやるのだった。

# 6

音楽室から流れてくるのは、優しいピアノの調べ。

糸真《しま》は廊下《ろうか》に佇《たたず》んでしばらくその音に耳をすませていたが、音が止んだので、ノックをしてからドアを開けた。

「ちょっといいですか」

楽譜を片付けていた弓《ゆみ》が顔をあげる。

糸真はぺこりと頭を下げた。すると弓が、柔らかく笑って、チラシのようなものを糸真に差し出した。

『ハマナス会　第五回ピアノミニコンサート』と書いてある。五月の末に、小さなホールで開催されるらしい。

「コンサートですか?」

弓はさらりと答える。

「そんなに大きなものじゃないんだけどね。弦《げん》と和央《わお》のことも呼んでるのよ。あの子たち、まだ仲直りしてないでしょ」

糸真は黙り込んだ。

(だろうな。俺には弓ちゃんがついてくるからな)

(とっくに気づいてると思ってた)

そうなのか。和央はこの人のことが好きなのか。小さな時からずっと一緒の、和央の〝弓ちゃん〟。

俺たちの歴史をなめるなよ、と弦は言ったけれど、それなら、和央とこの人の間にも、糸真が知らない歴史がある。

思い切って聞いてしまいたい。

「どうかした?」

小首を傾《かし》げるようにして聞く弓を、糸真は真っすぐに見つめた。

「せ、先生は……好きな人いますか?」

弓は黙ったまま、瞬きもせず糸真を見つめ返す。唇は微笑《ほほえ》んだまま、でも、その瞳は薄く膜《まく》を張ったようで、決して笑ってはいない。

「あの……」

弓はにっこりと笑った。

「私ね、今度お見合いをするの」

「え？」

「その人に決めたわけじゃないけど。候補はたくさんいて、その人がダメなら、また次、また次って。私、がんばるわ」

そんな。それなら、和央はどうなるの？

弓はにこやかに笑ったまま、

「はい、ガールズトークはおしまい。コンサート、観に来てね」

と言った。

※

コンサートには、弦と和央のほかに、晴歌《はるか》も一緒に行った。

演奏中、和央はずっと、ドレスを着てピアノを弾く弓を見つめていた。

糸真は彼の斜め後ろに座っていたのだが、正面から見なくても、和央がどんな表情で弓を見つめているのか、分かるような気がした。

きっと誰よりも熱心に、少し切ない瞳で、弓を見つめているのだろう。

演奏が終わり、弓はロビーでお客さんたちに挨拶《あいさつ》をしている。少し離れた場所に和央はひとりで立ち、小さな花束を持って、弓の前から人がいなくなるのを待っているようだ。

その様子を、糸真は弦や晴歌と一緒に見守った。

糸真は弦にこっそりと聞く。

「仲直りしたの?」

弦が口をへの字に曲げて答えないところをみると、まだなのか。

「早くしなよ」

「わかってる」

そんなことを話している間に、弓の側には母親の琴《こと》と、見知らぬスーツ姿の青年が立っていて、琴が彼を弓に紹介している。

「弓、こちらね、大下《おおした》建設の大下聡《さとし》さん」

「大下です。初めまして」

弓は礼儀《れいぎ》正しく会釈《えしゃく》をした。

「初めまして」

「よろしければどうぞ」

青年は弓に大きな花束を渡して、弓が少し照れた様子でそれを受け取っている。

晴歌が目を丸くして聞いた。

「あれって先生の恋人？」

弦が首を振る。

「いや、見合い相手」

糸真も目を見張った。確かに弓は見合いをすると言っていたが、この場所で？　弦がどうでもよさそうな口調で言う。

「このあと、近くで食事会があんだとさ」

和央は無言のまま、弓と青年のやり取りを見つめている。と、弓がひとりで、花束を抱えたまま、糸真たちのところへやってきた。

「みんな、来てくれてありがとうね」

晴歌が真っ先に反応する。

「先生、とっても綺麗でした！」

うふふ、と弓は笑う。

「ありがとう」

糸真は、和央の様子が気になって仕方がない。和央は、弓が持っている花束をじっと見つめていたが、唐突《とうとつ》に言った。

「ごめん、糸真」

え？　と彼を見た糸真の手に、和央が持っていた小さな花束が渡される。それから和央は流れるような動きで、弓から大きな花束を奪い、近くのゴミ箱へ向かった。

いったい何をするつもりなのか。

まさか――。

「和央！　やめて！」

弓が叫ぶ。しかし和央は、そのまま、弓が見合い相手からもらった花束をゴミ箱に捨てる。糸真と弦は揃《そろ》って固唾《かたず》をのみ、晴歌はひとりついていけず、困惑した表情だ。

弓の顔が歪んだ。

唇が震え、今にも泣き出しそうだ。

しかし、くるりと踵《きびす》を返すと、走ってその場を去ってゆく。

「弓ちゃん！」

和央も後に続こうとしたが、そこへ、つかつかと琴が走り寄ってきた。

「あなたどういうつもりなの！」

琴はすごい剣幕で、叫ぶように言った。

「悪いけど金輪際《こんりんざい》、弓に近づかないで。うちにも来ないでちょうだい！」

和央は黙っている。琴はさらに語調を強めた。

「お母さん、再婚したのよね。だったらもういいでしょ、うちに頼らなくても」

「おいババア、なに言ってんだ！」

弦が激高《げきこう》し、和央と母親の間に立った。琴はさっと青ざめる。

「弦ちゃん、親に向かってなんてことを」

「どいつもこいつも勝手なこと言いやがって！　こいつは俺の友達だ！　ただそれだけなんだよ！　おまえが口出しすることじゃねえ！」

弦は叫び、和央を振り向いた。

「和央、行け！」

和央が弾かれたように走り出す。

「和央！」

糸真は彼を呼び止めた。

預かっていた小さな花束を返すと、笑顔で頷《うなず》いてみせる。すると和央も頷いて、花束を受け取って走り去ってゆく。

その背を見つめ、糸真は心の中で呟《つぶや》いた。

がんばれ、和央。

あんたたち、ガチで両想いだよ。

さよなら……って、でも……姉弟なんだけどね。

※

和央は走って、走って、弓を探し、廊下《ろうか》の隅に彼女の姿を見つけた。

こちらに背を向け、顔を隠して泣いているようだ。

「ねえ弓ちゃん」

弓の肩がびくっとなった。

和央は、深くため息を吐いた。

「……分かった。弓ちゃんが嫌なら、もう二度と会わない……さよなら」

弓は、慌てた様子で振り向いた。和央は苦笑する。

「嘘だよ」

「……ひどい」

「どっちがぁ！」

和央は半ばやけになって言った。

「ずっと僕の気持ち無視してたくせに。自分の気持ち無視してたくせに」

弓は困った顔をする。また泣き出しそうだ。

「……私は教師なのよ」

「昔は高校生だったよ」

「その時、和央は小学生でしょ」

「十歳の差がなに」

弓はひるんだ様子だ。ここは和央にとっての、ある意味正念場だ。

もう、遠慮《えんりょ》するつもりは毛頭《もうとう》なかった。

「僕のこと、嫌い？」

黙り込む弓に、さらに問う。

「ねえ、弓ちゃん。ねえ！」

弓は再び逃げるように歩き出す。

「弓ちゃん！」

和央は必死に追いかけようとした。すると弓が立ち止まり、背中を向けたまま、呟いた。

「……一生言わないつもりだったのに」

それから、振り返る。

観念したように和央を見ている。もう、泣きそうではない。そして。

「好きよ、和央」

和央は、ぱっと顔を輝かせた。

嬉しいと同時に、ひどく安堵《あんど》している自分がいる。弓のことが好きで、好きで……時に苦しかった、この長い年月を考えた。

十歳の歳《とし》の差を、当然、和央だって考え、悩んだ。

でもどうにもならなかった。弓を想う、この気持ちは、とてもじゃないけれど、封印することなどできなかった。

今、その苦しみや焦りは、すべて消えてゆく。

和央は、幾度も、頷いた。これは夢ではないと、自分に信じさせるためにも。

「僕も、僕も好きだよ」

和央は言い、弓に小さな花束を渡す。

小さいけれど、和央のこれまでの想いがたくさんつまった花束を。

弓は花束を受け取り、幸せそうに笑ったのだった。

　その頃、お客さんが帰ったミニコンサートのホールで、糸真はうろうろと歩き回っていた。

「和央、だいじょうぶかなあ」

　どうにも心配でならない。

　和央がちゃんと、弓に気持ちを伝えられたかどうか。弓がその気持ちに、応えてくれたかどうか。

　弦はどっかりと椅子に腰を下ろしたままだ。真面目《まじめ》な顔つきで、彼もまた和央と弓を心配していることが分かる。

　すると、弦の後ろに座っていた晴歌が、唐突に立ち上がって言った。

「ねえ、弦」

「なんだよ」

「あたしと付き合わない？」

　弦ばかりではなく、糸真も驚いて目を剝《む》いた。

　弦は、こいつなに言ってんだ、とばかりに晴歌を見る。すると生真面目な顔をした晴歌は、大きな瞳で真っすぐに弦を見つめ、言ったのだ。

「あたし、前から弦のこと好きだったの。付き合ってください」

※

休日にもかかわらず、路面電車は空いていた。糸真は他の数人の乗客たちの中、ひとりぽつんと座っていた。

あたし、どこ行けばいい？

ミニコンサートの会場で、突然、ひとりぼっちの迷子になったような気がした。気づけばひとりで路面電車に乗っていた。

足は、そのまま、大晦日《おおみそか》の夜に弦と一緒に行った旭山《あさひやま》の丘へと向かった。

あの時とは季節が大きく違う。

雪ではなく、五月の、眩《まぶ》しいほどの新緑に覆《おお》われている。

丘をずっと登って来たために汗をかいていたが、涼やかな風が下から吹き付けて来て、糸真の頬や髪にあたる。

糸真は前と同じように、パッセのポーズをとり、踊り始めた。

今回は、見ている人などいない。ひとりきりだ。

それでもバレエの舞台の、〝主役〟になりきって、糸真は踊る。手足を大きく動かす度《たび》に、高く飛び上がる度に、風を感じた。木々を揺らす風の音を音楽にして、糸真は踊り続けた。

ねえ、お母さん――。

普段は忘れている母のことを、こんな時に限って思い出す。

お母さんは、恋することで新しい自分になれるって言ったよね。でも、やっぱりあたしには難しいみたい――。

※

家に帰りたくはない気分だったが、外で夜を明かすわけにもいかず、帰った。

家の中にも居場所がないように感じ、ひとりで部屋にこもって、ぼんやりと外を見ていると、ノックの音がした。

和央だ。手にココアを持って入ってくる。

「飲むでしょ?」

湯気のたつカップを渡された。

「ありがと」

糸真はカップを手にしたまま、和央と並んでベッドに腰掛ける。すると和央が言った。

「糸真が転校して来てくれて良かったな」

糸真は驚き、隣を見る。

「え？　なに、急に」

「だってさ。糸真が来なかったら、僕もお父さんもお母さんも、違う人生だったんじゃないかなって思って。僕と弓ちゃんのことも、糸真が背中押してくれたからだし。糸真がいてくれたから今があるんだなぁって思って」

糸真は、カップをぎゅっと強く握った。

本当にこの人は。

王子様なんだから。

人が弱ってる時、欲しい言葉を、こんな風に、ちゃんとくれるんだから。

和央はさらに、あの太陽みたいな笑みを浮かべて、こう言った。

「ありがとうね、お姉ちゃん」

糸真はココアを飲む。

優しくて甘い味がする。和央みたいに。

うん、きっと……糸真の居場所は、ちゃんとどこかに用意されている。

そんな気がする。

だって今だって、こんなに優しい〝弟〟がいるんだから……じゅうぶんに幸せだ。

ココアと一緒に和央の言葉も身体《からだ》に取り入れて、ほかほか心があったかくなった糸真は、すっくと立ち上がって宣言した。

「よし！　あたしもがんばる！」

和央はそんな糸真を見て、優しい顔で笑っていた。

※

翌日、いつものように揃《そろ》って登校した糸真と和央は、階段を上ってゆく弦に気づき声をかけた。

「おはよう！」

憂鬱《ゆううつ》そうな顔の弦とは反対に、ふたりはにこにこしながら、弦の隣に並んだ。弦は鬱陶《うっとう》しそうにこちらを見る。

「おまえらなんだか、楽しそうだな」

糸真はふふっと笑う。

「弦だって、でしょ？」

「あ？」

あくまで晴歌とのことは、とぼけるつもりらしい。そんな弦はふと和央を見つめ、

「ババアのことなんかどうでもいいから、普通に家に来いよ」

ぶっきらぼうな口調で言うと、先に歩き始める。すると和央は、弦の背中に飛びつき、ぎゅうっと抱きつくようにした。

「げーんちゃん」

「うわ、バカよせ」

「僕のためにママと喧嘩《けんか》しないでね」

「下りろ！　気持ちわりーから！」

「げーんちゃぁあん」

「下りろって！」

糸真は嬉しくて、黙ってそんな二人を見守る。仲直りできて本当に良かった。やっぱりこのふたりは、こうでなくちゃならない。

これできっと、クラスにも、平和な空気が戻ってくる。

その日の放課後、糸真は一枚のプリントを机に置き、重いため息をついていた。

『進路志望』のプリントなのだが、すべてが空欄《くうらん》になっているのだ。そこへ、晴歌が軽い足取りで入って来た。

「お待たせー」

糸真は顔をあげて彼女を見る。

「どうだった？」

晴歌は、迷いのない口調で答える。

「うん。地元の調理師の専門学校にするよ」

糸真は感心して頷《うなず》く。

「そうなんだ……晴歌って将来の事考えてたんだね」

「まぁ料理するの好きだしね」

確かに、晴歌の趣味は料理だ。お弁当は毎日自分で作っているらしいが、なかなか凝《こ》っていて美味《おい》しそうだし、調理実習の時は誰よりも手際《てぎわ》がよく、出来もいい。

「糸真も好きなことやればいいっしょ？」

「好きなこと……」

糸真はプリントを見て、ますます落ち込む。

それが特にないから苦労している。本当に。いったい自分には何ができるんだろう？　何が好きで、どういった道に進みたいんだろう？

プリントを前に悶々《もんもん》としていると、その横に、晴歌がばしっと何かのパンフレットを置いた。

「その前に、これ！　夏休み、みんなでキャンプに行かない？」

「キャンプ？」

確かにパンフレットには『サマーキャンプ』と書かれている。青く輝く湖や、湖畔《こはん》のロッジ、バーベキューの写真がレイアウトされている。

「そ！　キャンプ！　二学期始まったら受験モードでどこにも行けなくなるだろうから、夏休みに行っちゃおうよ、ね！」

楽しそうな企画だが、晴歌は弦と付き合うようになったばかりなのに、糸真を誘ったりしてもいいのだろうか。

糸真は遠慮《えんりょ》がちに聞いてみた。

「いいけどさ。弦と二人きりじゃなくていいの？」

すると、晴歌はがくっとうなだれた。

「あたしはね、やっと付き合えるようになったわけ。なのにさあ、弦のやつ、和央和央和央ってさ。彼女と和央どっちが大切だっつうの」

糸真は思わず、ははははっと笑った。

確かに……その状況は想像できる。

和央は糸真と泰弘という新たな家族ができ、弓先生と両思いにもなれた。弦は、そんな和央といい意味での距離が取れるようになったとは思うが、相変わらず和央のことが大好きだ。

晴歌は身を乗り出すようにして言う。

「ね！　だから！　弓先生も呼んでさ！　そしたら和央は弓先生といられるし、弦も私と一緒に……」

晴歌はそこで、はっとしたように糸真を見た。

「……でもそっか。そうなったら糸真ひとりか」

「あたし？」

晴歌はふと真剣な顔で糸真を見つめる。

「うん……ねぇ糸真さ。誰か紹介しようか？」

糸真は驚き、目を瞬いた。

「え？」

「そうだよ、糸真も彼氏作りなよ！　受験だって彼氏いた方ががんばれるし！　そうしようよ！　ね！」

そんな彼氏なんて作ろうと思ってできるものじゃあ……糸真はそう思ったが、晴歌の押しの強さに圧倒され、反射的に小さく頷《うなず》いたのだった。

# 7

しかし、その日は現実にやって来た。

このあたりでデートといえば、円山《まるやま》動物園が鉄板らしい。

家族連れやカップルでにぎわう園内を、糸真《しま》は初対面の男の子と並んで歩いている。

「自己紹介、ちゃんとした方がいいよね？」

改まった様子で、彼が言った。

「あ、うん」

糸真の方もぎこちない。当然だ。何しろこういうことは初めてだ。

「金沢雄大《かなざわゆうだい》です。金《かね》やんって呼んでください」

糸真は、ふふっと笑う。

「東高三年です。国重晴歌《くにしげはるか》とは、中学の部活が一緒でした」

金沢はとても背が高い。親しみやすい笑顔とカジュアルな装いのせいか、思ったよりは緊張しない。

それでも糸真はよそ行きの笑顔を張り付かせて、ニコニコしながら彼……金沢雄大の話を聞いた。とにかく、こういうシチュエーションに慣れていない。

シロクマがいるところまで来た時、金沢が言った。

「ねえ知ってる？　シロクマって、北極グマって言うんだって」

「ええ？　そうなの？　へえー……」

「あとはねえ、地肌は黒いんだよ」

「え⁉」

「そう。で、毛は透明なの」

「透明なの⁉」

「だから遠くから見ると、白く見えるの。それから、生まれてすぐは、六百グラムしかない」

糸真は、目を丸くしっぱなしだ。

「ちっちゃいんだね」

「そうなんだよ。人間の赤ちゃんより、ずっとちっちゃい」

へえー、と糸真は素直に感心する。どうやら、動物まめ知識が豊富な人であるらしい。

糸真は知らなかった。このお見合いデートを、離れた場所でこっそりと観察している二人組に……。

和央《わお》と弦《げん》だ。しっかりと変装までしている。和央が笑いをこらえて言った。

「ねえ弦。そのサングラスぜんぜん似合わないよ」

「和央の帽子もな」

ふたりでふっと笑って、再び糸真を見る。

今日の糸真はいつもと少し様子が違う。明るいオレンジ色のつなぎの下に、袖《そで》がふんわりと膨らんだシフォン素材のブラウスを着て、ヒールのあるサンダルを履《は》いている。つまり、いつも以上に女の子っぽい装いだ。

そんな糸真の姿を偶然見かけた弦が、めずらしく興味を示し、和央と一緒に糸真を追跡することになった。

「……ぬるい会話なんかしやがって」

弦はつまらなさそうに言ってサングラスを外すと、それを和央の帽子の上に置いた。

「国重と待ち合わせしてるから行くわ」

「ちょっと弦」

和央は呼び止めたが、弦はすたすたと歩いて行ってしまった。

やれやれ、と和央は息を吐く。

デートの日に、別の女の子のことが気になる。それってどういうことなのか、弦は分かっているのだろうか？

※

『今日はありがとう』

糸真は部屋でメールを打っていた。金沢からは、すぐに返信が戻ってくる。

『次はいつにしようか？』

糸真はじっとそのメールを見つめる。

人生初の彼氏ができるんだろうか。こんな風に、突然に？

ノックが響いて、和央が部屋に入って来た。

「どうだった？」

どうやら好奇心には勝てない様子だ。糸真は、ふにゃりと笑って答える。

「あ、うん。なんていうか、なんかこういうの初めてで分かんないや」

「そうなの？　それにしては話盛り上がってたよね」

糸真は聞き間違いかと思い、和央を見つめ返す。

「え？」

和央は、へへっと笑った。

「本当はさ、弦とついていったんだ、糸真の初デート」

な、なんですと？

「あの人と付き合うの？」

迷いを見透かされた気がして、糸真は居心地が悪い思いで聞く。

「……どう思う？」

「んー、あの人のこと、好きなの？」

「……いい人だな、とは思う」

話しやすいし、大らかそうだし。動物まめ知識も豊富だし。晴歌が紹介してくれただけのことはある。

しかし和央は、なおも聞いてくる。

「好きなの？」

即答できるはずがない。何しろ、今日会ったばかりなんだから。糸真は純粋に疑問に思ったことを聞いてみることにした。

「……じゃあさ、和央はどうやって弓《ゆみ》先生のこと、好きだってわかったの?」

「綺麗《きれい》なものを見つけた時、一番に弓ちゃんに教えたくなる」

和央の瞳と、彼の真っすぐな気持ちが表現されたその言葉に、糸真は、胸の奥がきゅんとなる。

和央に未練があるからじゃない。ただ……そんな風に和央に想われる弓が、単純にうらやましい。

糸真は、しみじみと呟《つぶや》いた。

「綺麗なものか……本当に弓先生のことが好きなんだね」

「うん」

またしても、和央は即答する。

うらやましいのと、それから……ふと浮かび上がるひとつの疑問。和央が、それを言い当てるようにして聞いた。

「ねえ、糸真は……誰に見せたくなる?」

綺麗なものを見つけた時。

嬉しい事があった時。

いったい、誰に?

糸真は、答えることができなかった。

※

北国の夏は短いらしい。短いけれど、自然は美しく、行楽には最適な場所がたくさんある。

晴歌が発案した夏のキャンプは実現し、糸真たちは小さなロッジが並ぶキャンプ場に来ていた。

湖が夏の陽射しにきらきらと輝き、肌を撫《な》でる風が心地よい。同じように爽《さわ》やかな笑顔を浮かべた金沢が、みんなの前で、

「金やんって呼んでください!」

と元気に挨拶《あいさつ》をしている。

拍手を浴びて、少しだけ照れくさそうだ。

糸真も笑いながら拍手しつつ、心の中では、なかなかアグレッシブなメンバーになったな、と考えていた。

糸真と金沢、晴歌と弦、和央と弓に……スミレも連れてきた。

特に金沢は、会って間もないのに、キャンプなんて断るだろうな、と思ったのに、予想に反し、二つ返事でＯＫだった。まあ、中学の同級生だった晴歌も一緒だから、知らない人たちばかりでもない。

みんなで本気のバレーボールやバドミントンをしたり、バーベキューをしたりと、日中、楽しく過ごした。

食後は自由行動となり、和央と弓は、スミレを連れて散歩にでかけた。弦と晴歌もどこかへ行ってしまい、必然、糸真と金沢は二人きりだ。自然な流れで、隣接する森の散策に出かけることになった。

金沢が他愛《たわい》ない話をするのを黙って聞きながら、木立を抜けていくと、木々が途切れて、湖が姿を現した。

手前の澄んだ水には周囲の木々や空が映し込まれ、遠くの方は陽光が眩《まぶ》しく反射され、宝石のように輝いている。

「綺麗……」

糸真は呟き、携帯で写真を撮った。

なぜ、撮ったのか……。

(綺麗なものを見た時、糸真は誰に見せたい?)

和央の言葉を思い出したから。

「なに撮ったの?」

金沢が側に来て聞いたが、

「え、うん」

糸真は、へへへっと笑って、咄嗟《とっさ》に誤魔化《ごまか》してしまった。

そのまま周囲をしばらくぶらついて、キャンプ場内に戻るつもりでいた。

と、金沢が、少し離れた場所を指差す。

「あ、あれ」

弦と晴歌も湖に来ていたのだ。

手をつないで。

ふたりは、こちらには気づいていない様子だ。

金沢が感心したように言った。

「はじめカップルに見えなかったけど、こうやって見ると国重と弦さんってお似合いだよねぇ。あ、俺たちも向こうから言われてるかな?」

糸真には、金沢の話は半分以上聞こえていなかった。

目も、耳も、ぜんぶ、釘付けになっていたのだ。

晴歌と弦の様子に。

「お」

金沢が驚いたような声をあげる。

「おお！」

二人が、キスをした。晴歌の方から、弦に、キスを。

糸真は、後ずさりした。そのまま逆方向に歩き出したのだが、足が、どんどん早くなる。

「し、糸真ちゃん、どうしたの？　ちょっと待って！」

金沢が慌てて追いかけてきたが、立ち止まらず、早足で歩き続ける。鼓動がうるさい。

苦しくて、唇をきつく引き結んでいないと、なんだか泣き出してしまいそうで……でもその原因が、糸真には分からなかった。

分かりたくなかったのかもしれない。

※

短いキスが終わって、晴歌は、弦から身体《からだ》を離した。弦は無言のままで、表情も、何をどう考えているのか分からない。

それでも晴歌は、ようやくキスまでこぎ着けたことが嬉しくて、うきうきした気持ちで言った。

「そういえば糸真たちも上手《うま》くいってるかなぁ。ね、金やん、どう思った？」

弦はなぜかふてくされた様子で答える。

「……まぁ動物好きそうだからな。スミレとは仲良くやれるんじゃねぇの？」

「え？　スミレ？　なんでスミレ？　ってか金やん動物好きなんだ」

もと同中《おなちゆう》の自分でさえ知らないことを弦が知っていることに、違和感を覚えて聞くと。

「だってあいつら、動物園行っただろ」

弦がそう答えた。

「動物園……弦、なんで知ってるの？」

晴歌の紹介で、初めて二人が会った日に、動物園に行ったことを。弦は、なんでもないことのように答える。

「なんでって。見たから」

晴歌は立ち止まった。

「……見たって。なんで？」

弦も立ち止まって、こちらを振り返った。

「和央がついていくって言うから、俺もついていったんだ」

晴歌は、咄嗟《とつさ》に胸を押さえる。

あの日。約束して、一緒に映画を見た日だ。

「……あたしとの約束に遅れてまで？　なんで？」

デートの日。晴歌は待ち合わせの場所で待たされた。

弦がかなり遅れてきたから、当初予定していた上映時間に間に合わず、一本遅い映画を見るはめになったのだ。

その原因を、今日まで知らなかった。

弦は、糸真のデートにこっそりついていったのだ。

なんで？　どうして？

ぐるぐる疑問が渦巻《うずま》く晴歌に、罪悪感の欠片《かけら》もなさそうな弦が答える。

「興味あったから？」

それから、再びさっさと歩いていってしまう。弦の話に、晴歌がどれほどのショックを受けたのか、気づく気配もない。

※

逃げるようにして湖を後にした糸真は、とぼとぼと歩いていた。

そんな糸真を、金沢が気遣うようにちらちら見ている。

「なんか、友達のあんな現場見ると、こっちがドキドキしちゃうね」

糸真は答えない。

頭の中は、繰り返し、弦と晴歌のキスシーンが再生されるばかりで、他には何も視界に入ってこないし、金沢の話も聞こえていなかった。

するると突然、

「……あ、見て、キツネ！」

金沢が声をあげ、さすがに糸真は驚いて顔をあげた。

その瞬間、ぐいと手首を引かれ、金沢の顔が近づく。

キスをしようとしている。

「いや！」

咄嗟に糸真は両腕をつっぱり、金沢をどんと押し返した。金沢はその勢いで後ろに倒れ、いたたっと尻餅《しりもち》をついてしまう。

糸真は、駆け出した。

何が起きているのか状況が整理できなかった。

金沢の今の行動も……それから、自分の、このぐちゃぐちゃとした心の中も。

森の中を走って、走って、滅茶苦茶《めちゃくちゃ》に走って、糸真はとうとう転んでしまった。木の根に躓《つまず》いてしまったのだ。

「いったぁ」

すぐに起き上がろうとしたが、足首に激痛が走り、顔を歪ませる。どうやら捻挫《ねんざ》してしまったらしい。

※

夕闇の向こうから戻ってくる金沢を見つけ、和央は彼に駆け寄った。

「あ！　帰ってきた！　遅いよ！」

晴歌と一緒に座っていた弦も立ち上がり、金沢の後ろを見やるようにする。しかし、そこに糸真の姿はない。

和央は怪訝《けげん》に思い、聞いた。

「え？　あれ？　ひとり？　糸真は？」

金沢は気まずそうに視線を外す。

「あぁ、うん。なんか走っていっちゃって。追いかけようと思ったんだけど、見えなくなって……はぐれちゃって」

弓が焦ったように言った。

「そんな。携帯、通じないのよね、ここ」

「……ごめんなさい」

駆け寄って来た弦が、声を荒げる。

「ごめんじゃねーよ！　おいおまえ！　女ひとりにして、なにしてんだよ！」

怒鳴るなり、弦は走り出した。和央ははっとして、懐中電灯をつかんで、弦をおいかける。

「弦、これ！　僕はこっち行くから！」

懐中電灯を渡すと、ふたりで別々の方向に向かった。

昼間はあんなに綺麗《きれい》だった湖も、夕闇の中に沈み込もうとしている。糸真は右足をさすりながら、不安に押しつぶされそうになっていた。

「いてて」

あまりにも痛くて歩けない。周囲はどんどん暗くなってゆく。携帯電話を見ても、電波が届いていない。

さんざんな状況だ。半ばやけくそになって叫んだ。

「お――い、だ――れ――か――――！」

糸真の声で、鳥達が驚いて羽ばたき、その音でさらに怯《おび》えるはめになる。

ふと、糸真は携帯電話で先ほど撮った、昼間の美しい湖の写真を見た。

この写真を、あたしは、誰に見せたいと思ったんだろう？

そこに、ふいに、先ほど見た弦と晴歌のキスシーンが重なって、糸真は顔を歪ませて顔を伏せる。

何も考えたくない。

でも、ひとりでいると、どうしても考えてしまう。

辺りが静まり返り、葉擦れの音ばかりが響いた。しかし、

「し――まぁぁぁ」

糸真は、はっとして顔をあげると、よろめきながらも立ち上がった。

「げん……」

「し──まぁぁぁ」

空耳じゃない。確かに、弦の声だ。

「げ────ん！」

「しまぁぁぁ」

「げ────ん！」

暗闇の中から、弦が走って現れた。糸真は泣き出しそうになるのを、ぐっと堪《こら》える。来てくれた。

他の誰でもなく、弦が。

その弦は、糸真を見つけると、安堵《あんど》したような、呆《あき》れ返ったような顔をした。

「あーあー、ったく、なにしてんだよおまえは」

「ご、ごめんなさい」

糸真は弦の側に行こうとしたが、「いたっ」と足を押さえた。弦が眉《まゆ》を寄せる。

「怪我《けが》してんのか？」

「……うん。でもだいじょうぶ、歩けるから」

「ったく、世話がやけるやつだな」

弦は躊躇《ちゅうちょ》なくしゃがみこみ、糸真に背を向ける。

「ほら」

糸真は戸惑い、その背に向かって呟《つぶや》いた。

「え……でも、晴歌に悪いよ」

弦は苛立《いらだ》った様子で答えた。

「はぁ、よくわかんねぇし。いいから、早くしろ」

「……うん」

晴歌、ごめん。糸真は心の中で謝って、弦の背中に負ぶさった。弦はそのまま、歩き始める。

どきどきしていた。そんな自分の鼓動を、自分でも持て余してしまう思いで、糸真はただ、弦の肩をしっかりとつかんでいた。

※

無事にロッジに戻ってきた糸真を、みんながほっとした様子で出迎えてくれた。

バーベキューの片付けを始めたが、糸真は怪我をしていたので、休んでいていいことになった。

糸真は足首に包帯を巻かれた状態で、ひとりでたき火の側に座り、ぼんやりと、片付けをするみんなを見ていた。

そこへ、和央が近づいてきた。

「足、だいじょうぶ?」

糸真は、へへと笑う。

「うん、ありがとう。あたし、ドジすぎるよね」

そんな糸真を、和央はじっと見つめる。なんだかとても心配してくれている様子だ。

「足じゃない方は?」

どういう意味? 困惑する糸真を、和央が、穏やかに笑いながら見ている。そこへ弦が、バケツと花火を手にしてやって来た。

「ほら」

と、仏頂面《ぶっちょうづら》のまま、糸真に線香花火を渡す。

「……ありがとう」

弦もしゃがみこみ、なぜかふたりで線香花火をすることになった。弦がたき火で花火に着火し、糸真がそれを移してもらう。

パチパチと火が爆《は》ぜて、手もとが明るくなる。

弦との距離が近い。ふたりで、勢い良く火花を散らす花火を見つめていると。

シャッター音が聞こえた。和央が携帯で、写真を撮ったようだ。

「え？」

和央は、うふふと笑った。

「あとで、送るよ」

和央も混ざって、三人で線香花火を続けた。糸真は、手もとの花火と、それから……すぐ側にいる弦を強く意識してしまい、自分たちに向けられた視線に気づかなかった。

花火を手にした金沢が、呆然とこちらを見ていること。

それから――晴歌の視線も。

しかしすぐに、晴歌がやって来て、

「あたしもやりたい。ね、向こうでやろ？」

と弦を少し離れた場所に連れていってしまった。和央も弓に呼ばれていなくなったところに、今度は金沢がたき火のところまで来た。

糸真ははっとして、思わず身体を硬くする。すると金沢は頭を下げた。

「あ、あのさ、さっきはごめん」

いや……自分の方こそ悪かったのだと思う。

「……あたしも、ごめんね」

糸真も謝ったが、気まずい空気が漂った。それでも金沢は明るく、

「糸真ちゃん、やろ」

と、糸真の分の花火にまで火をつけてくれる。

糸真は微笑んで花火をしながらも、どうしても、離れた場所にいる弦と晴歌の様子に、気を取られてしまっていた。

8

新学期が始まったと思ったら、もう冬服を着る季節になった。

北海道の短い夏が終わって、空気は確実に秋の気配を感じさせる。

教室の中は、全員が衣替《ころもが》えをしたこと以外はいつも通り賑《にぎ》やかだ。

教室の隅で、晴歌《はるか》が、必死に弦《げん》に腕を絡ませている。糸真《しま》は二人とは離れた場所で、梨《り》里《り》や怜英《さとえ》と話していた。

晴歌は手作りのお弁当を弦に見せている。晴歌の趣味は料理だから、きっと弦のために、張り切って作ったのだと思う。

「これ、弦が好きって言ってたやつ」

「あぁ」

弦は気のない返事をしている。

「こっちは、今回初めて挑戦したんだ」

「はいはい」

糸真は無意識のうちに、ふたりを見てしまっていたが、急に苦しくなって目を伏せた。どうして苦しいのか、どうして……キャンプの時、ふたりのキスシーンにあんなに動揺《どうよう》してしまったのか。

答えは出ているような気がするが、できるだけ考えたくはない。

昼時、晴歌お手製の豪華すぎる弁当を前に、弦は、ふうっと重いため息をついた。

「はぁ……なんだかな」

きっと俺が悪いんだろうな。ぼんやりと、そんな風に考える。

付き合っているのに、晴歌が望むようなことはしてやれない。温度差のようなものを、鈍感な弦だって感じている。

だから、凝《こ》った弁当を前に気が滅入《めい》ってしまう。

和央《わお》は黙り込んだ弦を見ていたが、ふと、おかしなことを言い出した。

「ねぇ弦さ、国重《くにしげ》晴歌の好きなとこ、三つ言ってみて」

「は？　なんで」

「いいから言ってみてよ」

弦は思い切り顔をしかめたまま、ぼそぼそと言う。

「話しやすい……弁当うまい……」

「あとは？」

和央の真っすぐな目が、最高に居心地悪い。こいつ……俺が困る事を知りながら聞いていないか？

「おまえ、なんか俺のこと責めてる？」

和央は無邪気に小首を傾《かし》げるようにした。

「責めてるっていうか」

ちくしょう、と弦は腹を立てた。そういうことならこっちも聞いてやる。

「じゃあ、おまえは姉ちゃんのどこが好きなんだよ」

「全部」

和央の答えは早く、なんの迷いもなかった。弦はただ、呆《あき》れるばかりだ。

「……あっそ」

呆れながら、同時に激しい自己嫌悪に陥《おちい》り、はあぁぁあっと大きなため息をついた。

つまり、誰かと付き合うとは――そういうことだ。

俺はいったい、何をやってんだ。

放課後、体育館で弦がひとりでバスケをしているところへ、晴歌がやって来た。

「おう」

晴歌はにこにこと笑って、自分もボールを手にすると、ゆっくりとドリブルを始める。

弦は、しばらく一緒にドリブルをしていたが、やめた。側にあるベンチまで行き、そこに腰掛ける。

ちゃんとしなければならない。本当のことを、伝えなければ。

それだけは、分かっている。

弦の様子に気づいた晴歌は、ボールを放すと、隣に来て座った。

並んで座る二人の間に、微妙な空気が流れる。

弦は束《つか》の間《ま》晴歌を見つめていたが、やおら、ベンチの上に正座をした。

「国重、悪い」

と、頭を下げた。

晴歌はしばらく無言のままだったが、やがて言った。

「弦は……あたしのこと好きで付き合ってくれたの？」

弦は正直に答えることにする。

それくらいしか、晴歌のためにしてやれないから。

「……あんまり考えたことなかった」

「……そう」

「だけど、嫌いなやつとは付き合わない……国重だから、付き合ってみっかーって気になったんだからな。誰でもいいわけじゃなかった」

晴歌はうつむき、目を伏せている。弦は、さらに言った。

「でも、俺と付き合っている時の国重より、付き合う前の国重の方が、俺は付き合いやすい」

晴歌は、静かな声で呟《つぶや》いた。

「要するに、友達ってことだね」

「……悪い」

もう一度謝ると、晴歌が弦に手を差し出してきた。意味が分からないまま、弦も手を出す。すると晴歌が弦の手を握り、ブンブンと振った。

「今まで、ありがとう」

妙に明るく晴歌は言い、弦も戸惑いながら応じる。

「お、おう」

「じゃあね！」

晴歌は最後ににこやかに笑い、足元に転がっていたボールを弦に放る。弦がそれをキャッチする間に、晴歌はこちらに背を向け、足早に去って行った。

晴歌は走りながら、泣いた。

ずっとずっと好きだったのだから、泣けて当然だ。

悲しいだけじゃない。苦しかった。

弦がなぜ、別れを言い出したのか、分かっていたから。本人は気づいていない様子だが、きっとそうなのだ。

でもそれを教えてあげるつもりはない。

晴歌は、〝いい人〟だなんて、絶対に思われたくないから。

※

その頃、糸真も別れを切り出していた。

街中のカフェで、放課後、金沢《かなざわ》と待ち合わせしたのだ。

「ごめんなさい」

　向き合って座る金沢に頭を下げると、金沢は、

「……そっか」

　と呟いた。

　この人を、好きになれれば良かったのだろうな。でも、違う。

　糸真は重ねて謝る。

「ごめんなさい」

　ははは、と金沢は笑う。

「そんな謝んないでよ。なんとなくそうかなって思ってたし……あの、糸真ちゃんさ、本当は好きな人がいるんじゃない？」

「え？」

　糸真は驚いて顔をあげる。

「なんとなくだけど」

　金沢は笑っているが、目は鋭く追及するようで怖い。

「最初、和央くんかなって思ったけど。キャンプの時、国重たちのこと見た時から、なんか変だなって思って。あのさ、もしかしたら、弦さんのこと好きなんじゃない？」

糸真は大きく目を見張り、瞬きもできず、金沢を見つめ返した。

あたしが、弦を？

ずっと……自分でもごまかしてきた心の奥底の真実を、金沢に見透かされ、言い当てられ、身動きもできない。

青ざめた糸真の顔を見て、金沢は、やっぱり、といった表情を浮かべて頭をかいた。

「糸真ちゃんさ、弦さんに告白してみなよ、ね？」

な、なにを言い出すのだ。

「いや、それは……」

動揺し、混乱する糸真に、金沢は苛立《いらだ》った表情を浮かべる。

「あのさ！」

鋭い声に、糸真はびくっとなった。

「このまま何もしないで、糸真ちゃんは、どうしたいわけ？　付き合ってる二人見て諦めるの？　それに何の意味があるの？」

金沢は荒々しく立ち上がった。

「そんなんじゃ！　俺が諦める意味わかんないよ！」

そのまま怒りを抑えきれない様子で、大股《おおまた》で歩き去ってゆく。糸真はうつむいたまま、本当に、身じろぎひとつ、できずにいた。

※

糸真はバカだ。

恋なんて、力業《ちからわざ》でどうにかなるかと、思っていたのだ。

だから、関係のない金沢を巻き込んで、最終的に、不愉快な思いをさせてしまった。

どうにかなんて、なるはずがないよ……。

放課後。

糸真は、学校のトイレで、鏡に映る最悪な顔の自分を見つめていた。

どうしたらいいのか分からない。

分かっているのは、自分は最悪だってこと。

せめて、自分にだけは正直に言ってしまおうか。鏡の中の自分を見つめながら、考える。

そうだよ。自分にね。まず、自分にだけね。

さあ、言うよ？

（弦が、誰かのものになるなんて、寂しいよ――――！）

涙がにじむ。でも、泣くわけにはいかない。うん、ここは学校だから。

糸真は重いため息をつき、鏡の中の自分から目を背けると、トイレから出た。するとそこに、待ち構えるようにして、晴歌が立っていた。

「晴歌……」

晴歌は、挑むように糸真を見ている。

「糸真に話があるんだ」

「え?」

「あたしさ、弦と別れたから」

糸真は驚き、ただ、黙って晴歌を見つめる。晴歌は真っすぐな、大きな瞳で、射貫《いぬ》くように糸真を見た。

「糸真は? あたしに話、ないの?」

なにを? どんな話を? どんな顔で? 糸真が黙っていると、晴歌は携帯を取り出し、画面を糸真に突きつけるようにする。

金沢からのメールだ。

『ダメだった。糸真ちゃんには好きな人がいるみたいだね。国重は気づかなかった?』

晴歌は携帯を引っ込めて、さらに聞く。

「好きな人って誰？　あたしは何も知らない、だって糸真は、何も言わないから！」

晴歌の真っすぐな瞳。

ああ。もう、ごまかせない……ごまかしたくない。晴歌のことも、自分のことも。


「弦が好き」


糸真は言った。

声に出して、はっきりと、言った。

晴歌はぎゅっと目を強く閉じて、唇を歪ませ、どこかがひどく痛そうな顔をした。それも一瞬で、かっと大きく瞳を見開くと、

「いつからだよ、バカ！」

と叫ぶ。糸真が答えに詰まっていると、晴歌はくるりと背を向け、廊下《ろうか》を走っていく。

糸真は咄嗟《とっさ》に、彼女を追いかけた。

「バーカ！」

校舎の中を滅茶苦茶《めちゃくちゃ》に走りながら、晴歌が叫ぶ。

「バカ、バカ、バーカ！」

糸真は必死に彼女を追う。

まだ残っている生徒たちが、何事かとこちらを見ている。

「バカだけど、一生懸命考えた！」

糸真も叫んだ。

「もっと考えろ、バカ！」

走り続けながら、晴歌は叫ぶ。糸真も叫び返す。

「間違いなんじゃないかって、何度も考えた！」

「間違いだよバカ！」

「だけど気づいちゃって、その時はもう遅くて」

「遅いんだよバカ！」

「晴歌！」

名前を呼ぶと、晴歌は立ち止まった。息を切らせながら、糸真も立ち止まる。晴歌が振り返った。

「早く言えバカ！」

「言えないよ！　言えるわけないじゃん！」

くっと晴歌は皮肉な笑みを浮かべる。

「あたしがハブるからでしょ」

「違う！　……違うよ」

そうじゃない。確かに少し前までは、ハブられるのが怖かった。晴歌と喧嘩《けんか》にならないよう、怒らせないよう、無意識の内に気をつけるようにもなっていた。

でも、今は違う。

糸真は、じっと晴歌を見つめて言った。

「晴歌が友達だから。初めてこっちで出来た友達……本当の友達だから」

視界が曇って、ぼろぼろと涙がこぼれ落ちてきた。

晴歌も泣いていた。

糸真は晴歌に駆け寄り、彼女を強く抱きしめた。晴歌も震える手で、糸真を抱きしめる。

二人で、廊下の隅で……互いを抱きしめながら、長いあいだ、泣き続けていた。

※

『帰りに道庁前に行ってみて』

喧嘩した日の帰り、そんなメールが晴歌から届いた。どういう意味なのか。まさかこんなに早く仲直りをしてくれるつもりなのか。

糸真は、まったく分からないまま、指定された場所に行ってみた。

旧道庁前の、赤レンガテラスだ。北海道の象徴ともいえる、風情《ふぜい》あるレンガ造りの建物が眺められる。

もう夜になっていたが、テラスにはレストランもあるため、仕事帰りの人たちやデートを楽しむカップルがいる。糸真は晴歌を探してきょろきょろしていたが、弦の姿が飛び込んで来た。

「……なんでいるの？」

弦も不可解そうな顔で糸真を見ている。

「国重に呼び出された。おまえは？」

「あたしも」

弦はじっと糸真を見つめる。

「国重となんかあったのか？」

「……喧嘩して」

「は？　なんで」

原因はおまえだよ、とはさすがに言えない。

「言いたくないなら、いいわ。ったく遅せぇ」

弦は面倒くさそうに言い、周囲を見渡した。もう、この時には、糸真は分かっていた。晴歌の意図が。

「たぶん、来ないと思う」

「はぁ?」

弦が振り返ろうとして、でもその前に、糸真は彼の背中に抱きつく。

弦が固まったようになった。

糸真はドキドキとうるさい自分の鼓動を聞きながら、言った。

「喧嘩の理由教えよっか」

弦は黙っている。

糸真は、思い切って言った。

「あたしも女だってことだ、バカ」

時が止まったように、しんと静かになった気がした。弦は沈黙し、糸真も黙っていた。

しばらくして、弦が呟《つぶや》いた。

「……俺って、モテモテなんだな」

糸真は、笑ってしまった。

弦から離れると、彼がこちらを向く。

「あの……」

「おまえ、あのデッカイ男どうした」

金沢のことを聞かれている。糸真が黙っていると、

「どうせ、上手《うま》くいかなかったんだろ。だから次は俺か?」

「ちがっ……」

ひどいことを言う。だけど反論できない。

「フラフラしやがって」

不快そうに言われ、糸真はぐっと拳《こぶし》を握りしめた。

「弦だって晴歌と別れたじゃん」

「あれは」

「弦にだけは言われたくない!」

糸真は弦をにらみつけて、走り去った。

弦の拒絶が寂しくて、悔《くや》しくて……後悔《こうかい》と、気まずさと、恥ずかしさで、どうにかなってしまいそうだった。

和央は自分の部屋で本を読んでいた。

階段を上がってくる音が聞こえ、扉の方を見る。足音は和央の部屋の前を素通りし、隣の部屋へと消えた。

和央は部屋から出て、糸真の部屋の前に立つ。ノックをしようとして、やめた。拳を、そのままゆっくりとおろす。

部屋の中から、押し殺すように泣く声が聞こえたからだ。

中に入らなくても分かる。糸真が泣いている。寒くて暗い部屋で、ベッドに突っ伏して、ひとりぼっちで泣いている……。

慰めてやりたかった。

でも、こういう時は、そっとしておくしかない。

心の中で、呟くだけだ。

がんばれ……がんばれ、糸真。

※

母の真智《まち》から糸真に連絡があったのは、翌日のことだ。

前回と同じビール園に呼び出されて、慌てて駆けつけてみれば、真智はひとりで、すでにすっかりできあがっていた。

「うんまい！　すみません、おかわり！」

ジンギスカンを次々に食べながら、ビールも追加注文する。

糸真は呆《あき》れて、実の母を見る。

「ちょっと、もうやめなよ」

真智はへらへらと笑ってグラスに口をつける。

「えー、いいじゃん。せっかく来たんだしぃ」

「だいたいさ、いっつも急なの。なんで先に連絡してこないかな」

「だってさぁ、急に糸真ちゃんの顔、見たくなっちゃったんだもーん」

真智は無邪気に言って、それから急ににやりとした。

「ねぇねぇ糸真ちゃん。彼氏出来た？」

糸真は唇を引き結んで沈黙する。

「あれ？　どうしたの？　何かあった？」

まったく。相変わらずこの手の話題が好きなんだから。

「何もない」

「ふーん。ねぇ糸真ちゃんさ、大学どこ行くか決めた？」

「家から通えるところにするつもりだけど」

「ふーん……ねぇ糸真ちゃん」

「ん？」

まだ何か聞きたいのか。糸真はもう何を聞かれても、適当に流すつもりでいたが、

「わたしね、旦那《だんな》と別れましたぁ」

突然の爆弾発言に固まったようになった。

「えっ……」

「だからさ、東京戻ってこない？」

この人が旦那と別れるのはもう何回目か。しかし、今までで一番驚いた。

東京に戻る――その選択肢《し》が、にわかに現実味を帯びたからだ。


その日の夕方、心を落ち着けるために、スミレを連れて散歩に出た。

夕日が赤く周囲を染めて、静かな夕暮れ時だ。

「……綺麗《きれい》」

糸真はふと、携帯を取り出して写真を撮った。

その写真を、しばらくの間、見つめる。

夏にも、こんな風に夕焼けを撮った。あの時、糸真は、同じ風景を見て欲しい人がいた。

綺麗なものを、見せたいと思う人が。

でも、今は……そして、これからは？

糸真は坂道の向こうの夕日を、目を細めて見つめていた。

# 9

北海道で過ごすクリスマスは二度目だ。

今年は糸真《しま》も和央《わお》も、家にいた。人数が増えた住友《すみとも》家では、ちゃんとクリスマスツリーを飾り、由香里《ゆかり》が豪華な食事も作ってくれた。

スミレまでもが、パーティ用の帽子でおしゃれをしている。泰弘《やすひろ》は嬉しそうにクラッカーを鳴らし、はしゃいでいる。

なごやかな空気の中、糸真ひとりが、ぼんやりと食事をしていた。

さすがに泰弘が気づいたようだ。

「糸真ちゃん、どうしたの？」

「うん……」

糸真は箸《はし》を置き、改まって家族ひとりひとりを見る。

そうだ。言うなら、今だ。

「あのね。みんなに、話があるの」

家族が全員、糸真を見た。特に和央は、心配そうな顔をしている。糸真は、思い切って切り出した。

「……あたしね。東京の大学受けようかなと思って」

「な、なんで。だって、家から通える場所にするって、そう決めたでしょ」

泰弘は明らかに動揺《どうよう》したようだ。

「……うん」

和央が気遣うように糸真を見ている。

「糸真……」

糸真は言った。

「お母さんが独りになっちゃったから」

「そ、そんな！」

納得がいかない様子の泰弘を、由香里がたしなめる。

「お父さん」

泰弘はがっくりとうなだれてしまった。糸真は胸がちくりとしたが、決意を変えるつもりはなかった。

「お父さん、ごめんね」

みんな黙り込んでしまい、スミレだけが、寂しそうにクーンとないた。


「ねえ糸真」

「ん？」

一緒に二階へ上がり、廊下《ろうか》を歩いてる途中で、和央が聞いた。

「弦《げん》はどうするの？」

やはり、和央はそこを気にしている。糸真は微笑《ほほえ》んだ。

「弦のことは、もういいの」

「本当に？　本当にいいの？」

「うん」

明るく返事をしたのに、和央はさらに疑うように糸真を見ている。

糸真は言った。

「東京のこと、弦には言わないでね。言うなら自分で言うからさ」

「だけど」

「ほら、まだ受かるか分からないし、落ちたらかっこ悪いじゃん。晴歌《はるか》にも言わないで。

二人には、受かったら話すからさ」

糸真は、まだ何か言いたそうな和央を廊下に残し、ひとりで部屋に入った。後ろ手にドアをしめて、しばらくの間、身動きもせずに考える。

これでいいんだ。

弦にも言わず、晴歌にも言わない。

本当は。落ちたらかっこ悪いからなんかじゃない。やっと決めて、前に進む決意をした。だから、今、心を乱されたくないだけだ。

※

その冬は、あっという間に過ぎていった。

宣言したからには絶対に受かるつもりで、糸真は必死に受験勉強に励《はげ》んだ。大晦日《おおみそか》には由香里と一緒に年越し蕎麦《そば》を作ったりして、正月気分も味わったけれど、ずっと勉強をしていた。

ある日、部屋で机に向かっていた糸真は、本棚《ほんだな》にある辞書を取ろうとして、その横にたてかけてあった絵本に目を留めた。

しばらくの間、絵本を読み、表紙をもう一度見つめる。

『翻訳《ほんやく》・住友泰弘』と名前が入っている。

そうだ。これは糸真のお気に入りの本。小さい時に、この絵本の世界に魅《み》せられ、あの時ドキドキした気持ちは、糸真の心の奥底に、ずっと存在し続けた……。

糸真が物思いにふけっていると、メールが届いた。携帯を見ると、晴歌からだ。

『勉強中だよね？　ガンバレ！』

写真も添付されていて、晴歌がガッツポーズをしている。

糸真は続けて、携帯に保存してあった写真を見た。

旭山《あさひやま》の日の出。キャンプの湖。夕日の写真。

そして、花火をしている糸真と弦が写る写真がある。

糸真はひとつ、深く息を吸い、そして吐き出すと、そのすべての写真を消去した。

※

その頃、弦は、高校の体育館で、ひとりでバスケをしていた。

弦も受験生なのだが、ひとりで家にいると、突然叫びだしたくなるような苛々《いらいら》に襲われるのだ。

何度も、何度も、ひとりでシュートやドリブルを繰り返した。真冬の体育館は冷えていたが、弦はすぐに汗だくになった。

どのくらいの間そうしていたのか。

弦はとうとう、大の字になって倒れ込んだ。

高い天井をにらむようにして見上げる。

くそっ、と悪態をついた。

糸真のやつ。

あれから、まったく連絡してこない。登校も別々だから、話す機会もなくなった。そもそも、姿さえ見ていない。

それが平和だ、と思う自分もいる。

なぜなら自分は今、慎重な男。国重《くにしげ》晴歌とも別れたばかり。

しかし……なぜ、最近、こんなにも苛つくのか。

弦はむくりと起き上がって、再びドリブルを開始した。

# 10

春の訪れを知らせるように、庭の雪が溶けて消えていく。

糸真《しま》の部屋の机の上には、別の形で春の訪れがあった。合格通知や、この春から通う大学のパンフレットだ。

部屋の中はダンボールが山積みで、糸真はせっせと脇目も振らずに荷物の整理に追われていた。

そこに、和央《わお》が入って来た。

「どう?」

「うん。だいたい出来たかな」

「そっか。そんな急がなくてもいいのに」

和央がため息をついたが、糸真は手を止めることなく片付けを続けた。そんな糸真に、和央がそっと聞く。

「ねぇ糸真」

「ん？」

「弦《げん》には話したの？」

「……あのね、和央」

糸真は、和央の質問には答えず、いつかちゃんと言おうと思っていたことを言った。

「あたしさ、この街に引っ越してきて、本当に良かったなって思ってるんだ」

和央は、じっと糸真を見つめる。

優しくて、王子様みたいな和央。彼に惹《ひ》かれた時もあったのだ、と糸真は今、しみじみと思う。

「だってさ。和央に会えたし、みんなにも会えたしさ」

それに、と荷物に入れる予定の絵本の表紙に、そっと指を走らせる。

「それに、お父さんみたいな翻訳家になるって夢も出来たし」

和央は黙って、とにかく切なそうだ。それでも糸真は、明るく言う。

「ありがとうね」

「糸真……」

「あたし、ひとりで、自分の居場所見つけるよ。逃げてばかりの弱い自分から、今度こそ

「卒業するんだ」

糸真はそう言って微笑み、かつての王子様を見つめた。

※

卒業式の日、糸真の心は落ち着いていた。お決まりの音楽が体育館に響き、代表者が校長から卒業証書をもらう様子を、仲間たちとともに見つめた。

弓《ゆみ》は教員の席にいて、保護者席に座る泰弘《やすひろ》が大泣きしている。その横に座る由香里《ゆかり》が、周囲に謝りながら、泰弘を慰《なぐさ》めている。

まったくもう。

糸真は苦笑し、自分でも、悲しいのか、おかしいのか、寂しいのか……よく分からないまま、それでも落ち着いていて、そっと弦の横顔を見やった。

弦と和央が笑い合っている。

(おちる——)

恋に落ちる。そんな予感にみまわれた日を思い出し、鼻の奥が、少しだけつんとした。

糸真は、心の中で呟《つぶや》いた。

バイバイ、弦。


弦は廊下《ろうか》を走っていた。

卒業式が終わってみれば、大勢の後輩の女子達に待ち伏せされていたのだ。

「待って、待ってぇ！」

黄色い声をあげながら、女子達が追いかけてくる。弦の制服のボタンは取れ、乱れに乱れていた。

ようやく後輩達をまいて、用心しながら廊下を歩いていると、

「あっ」

糸真に出くわした。

ずいぶんと久しぶりで、弦は無言のまま、思わずじっと糸真を見つめた。糸真も目を見開いて黙っていたが、弦の取れかかっているボタンに目を留めたようで、

「なんか、すごいね」

と言った。

「あぁ、和央もすごいけどな」

「……あのさ」

「なんだよ」

糸真が何か言いかけた時。

「弦先輩、いた！」

再び後輩の女子達が弦を見つけ、こちらに向かって走ってきた。

「やっべ」

弦は慌てて、また走り出す。

襲いかかってくる女子達に恐怖すらおぼえて、弦は糸真を置き去りにして走り去ったが、後からこの時のことを、後悔《こうかい》するはめになったのだった。

※

卒業式の後、糸真と晴歌《はるか》たちは、お気に入りのカフェで打ち上げをしようということになった。

「乾杯！」

梨里《りり》や怜英《さとえ》も一緒に、ジュースで乾杯をする。口をつけてから、わーっとみんなで拍手をした。

晴歌がうきうきした様子で聞く。

「この後、どうする？　やっぱりカラオケに行く？」

それがお決まりのコースだ。梨里や怜英も賛成した。

「いいねぇ、いいねぇ」

「どうせなら、オールしちゃおっか」

「いいねぇ、いいねぇ」

糸真はひとり、黙っていたが、言うなら今だということは分かっていた。顔をあげて、みんなを見渡す。

「あのさ、みんなに話あるんだ？」

晴歌がぽかんとした顔でこちらを見る。

学校帰りに住友《すみとも》家に立ち寄った弦は、

「あぁぁぁぁ」

と、和央のベッドに倒れ込んだ。ふたりとも上着のボタンはすべて引きちぎられてしまっている。

和央も脱力した様子で呟いた。

「なんか、疲れたね」

「あぁ。しかも、俺……全滅だった」

「え？」

和央は、弦がずっと握りしめていた紙を取った。

そこには『不合格』の文字が書かれている。

和央はにらむように弦を見つめた。できるだけ見守ることに徹しようか思っていたが、どうやら間違っていたらしい。

「……ねぇ弦」

「ん？」

「糸真とは、話したの？」

弦はベッドに突っ伏したまま、呟くように答える。

「……廊下で会った」

「それで？」

「それでって……別に」

和央はかっとなった。

「何も聞かなかったの？　どこの大学受けたとか、なんでもいいから！」

弦は、ようやくむくりと上体を起こす。

「？　なんだよ、急にムキになって」

急にではない。ずっともどかしかった。弦にも、糸真にも。和央には、ふたりの気持ちが分かっていたから。

「もう限界、我慢できない」

「？　何の話だよ」

「糸真いなくなっちゃうんだよ。明日、東京に行っちゃうんだよ」

目を見張った弦に、勢いにまかせて和央は言う。

「弦は、それでいいの？　糸真が側にいなくなってもいいの？　僕は嫌、糸真がいなくなるなんて絶対に嫌！　早く気付け、早く素直になれ！　バカ弦！」

弦は、ばっとベッドから飛び降りると、隣の糸真の部屋まで行った。

扉を荒々しく開ける音が、和央の部屋にまで響く。

弦は見ただろう。

糸真の部屋が、すでに荷物がなく、ガランとしているのを。

「東京?」

カフェでは、晴歌が、強《こわ》ばった顔で糸真に聞いていた。

「東京って、どういうこと?」

糸真は真っすぐに晴歌や梨里、怜英を見つめる。

「うん。お母さんがまた離婚して。戻ろうかなって」

「そんな」

青ざめる晴歌に、梨里や怜英も相づちを打つ。

「しかも、明日って」

「そうだよ、急すぎるよ」

糸真は、ぺこんと頭を下げた。

「うん……ごめん」

晴歌が責めるように聞く。

「……なんで言わなかったの?」

「なんか、言いづらくて……」

晴歌は、悔《くや》しそうな顔になった。

当然だと思う。

糸真の胸にも、急に寂しさが押し寄せてきた。

決意して、覚悟したはずなのに。それでも場の空気を和《やわ》らげるために、糸真は必死に言った。

「ほ、ほら、でもさ。休みには帰ってくるし、晴歌も東京に遊びに来ればいいんだし、ね」

晴歌は、はっとした様子だ。

「弦は？　弦はどうするの？　明日の事、弦には言ったの？」

糸真は苦笑する。

「弦は……弦のことは、もういいの」

晴歌は糸真をにらみつけた。

「いいのってなに！　諦めるってこと！」

糸真は苦しくなって黙り込む。

「まぁまぁまぁ」

怜英が晴歌をなだめる。梨里も言った。

「晴歌、糸真だって、考えた結果なんだからさ」

しかし晴歌の怒りはおさまらない。

「考えたってなにを考えたの！　自分の事しか考えてないでしょ！　あたしや金《かね》やんや、弦の事だって、あんたは何も考えてないよ！　あたしはあんただから！　糸真だから……！」

晴歌はもう、ほとんど泣きそうだ。糸真も同じで、瞬きもせず晴歌を見つめる。晴歌は立ち上がり、なおも言った。

「あんたはね、自分の気持ちからいつも逃げ出してんだ！　たまには、逃げ出さないで、どこまでもどこまでも、嫌っていうくらい追いかけろよ！」

糸真だけではなく、梨里や怜英も黙り込んだ。

晴歌の気持ちが、糸真には痛いほど分かる。

晴歌は、がんばったのだ。

がんばって、がんばって……弦の気持ちを手に入れることが、できなかった。

だから糸真に腹を立てている。糸真が、逃げているようにしか感じられないから。

全員がしんと静まり返ったテーブルの上で、糸真の携帯が鳴った。メールの着信音だ。

画面を見て、糸真は思わず立ち上がる。

弦からのメールがトップ画面に映し出されている。

『いくな』

震える手で、携帯を取った。

『このままいくな』

弦！

心の中でその名前を叫んだ時。

再びメールが届いた。

写真だ。旭山《あさひやま》の丘でバレエを踊る糸真の写真だ。

糸真は息をするのも忘れて、じっと、その写真に見入った。すると誰かが、糸真の背中をポンッと押した。

晴歌だった。糸真のコートとバッグを手にしている。

「……晴歌」

晴歌は微笑むと、頷《うなず》いた。

「行きな」

糸真は束《つか》の間《ま》晴歌を見つめ返したが、頷き、店を飛び出した。

※

こんなに走ったことが、かつてあっただろうか。

糸真は走った。走って、旭山の丘へ続く坂道も走り続けた。気持ちが焦り、転びそうになりながらも糸真は走った。

太陽が沈み始めている。いつか見たように、赤く染まる美しい空の下、糸真は走ってゆく。

「げ――ん」

名前を呼んだ。丘の上に駆け上がり、再び呼ぶ。

「げ――――ん」

誰もいない。

ここに来れば会えるのだと、待っていてくれているのだと、確信を抱いて走って来たのに。

糸真は丘を駆け下った。広場にやってきて、もう一度叫ぶ。

「バカげ――――ん！」

やはり返事はない。糸真は途方にくれて黙り込んだ。すると、

「おい、今、バカって言ったべ！」

声が聞こえた。ほとんど泣きそうになりながら上を見ると、丘の上に、弦が立っている。

「どいつもこいつもバカって言いやがって」

「弦……」

弦が、こちらに降りてきた。その顔は怒っている。

「おまえ、何なんだよ。なんで、東京行くって言わねぇんだよ！」

糸真は体裁《ていさい》が悪くて、叫び返した。

「言おうとしたもん！　したけど」

「けど、なんだよ！」

「ごめん！」

「しかも、明日ってなんだよ！」

「ごめん！」

違う。糸真は、謝りたかったわけじゃない。弦に会ったら、言いたい事、言わなければいけない事、ほかにもあったはずだ。

とにかく会いたくて、話をちゃんとしたくて、だから糸真は走ってきた。

「あたし……あたしね、やりたいことがあるの！　夢が出来たの！　だから東京に行くことに決めたの！」

弦は黙って聞いている。

「だから……」

その先の言葉が続けられずにいる糸真に、弦は焦れた様子で聞いた。

「だからなんだよ！」

「だから……」

言葉が喉《のど》に詰まる。

弦が好き。

離れてもきっと。

また振られても、ずっと。

想いを一度呑《の》み込んで、すべてを告げる心の準備をする。しかし、

「俺、今回、全滅だったんだ！」

弦の方が先に口を開き、糸真はぽかんとした。

全滅？　全滅って……大学が、全部？

「ええええ？」

驚いてまじまじと相手を見つめると、弦はぶっきらぼうに言った。

「うっせぇな！　だから、来年は東京受けることにするわ！」

「えっ……」

「そしたら、また遊べるだろ！」

弦の言葉の意味をはかりかねて、糸真はただただ、弦を見つめる。すると。

「なんだかよくわかんねぇけど、俺は、おまえがいないとつまんないみたいなんだ！」

視界が曇る。

涙が盛り上がり、鼻の奥がつんとする。

こんな――――こんなことが、あたしの身の上に起こるなんて。

「あたしも」

糸真は涙交じりの声で叫んだ。

「あたしも、弦がいないとつまんない！　つまんないよ！」

弦は、一気に糸真との距離を詰めると、

「だから待ってろ」

少し声を落としてそう言い、糸真を見つめた。糸真は泣きながら頷く。何度も何度も頷く。

泣きじゃくる糸真の顔を見て、弦は、ふっと目元を細めて笑った。

そして、糸真にキスをした。

キスをしている時……たくさんの綺麗《きれい》な風景が、頭の中で浮かんでは消えていった。

車の中から撮った、北海道の風景の写真。

クリスマスのイルミネーション。

お正月、夜の神社。

旭山の丘から撮った初日の出。

キャンプ場、湖の夕暮れ。

そしてスミレの散歩の途中で撮った、夕日の写真。

すべては携帯から消去したはずなのに、今、まざまざと蘇《よみがえ》る……色鮮やかに。

「ねぇ」

「ん？」

顔が離れ、でもまだ吐息を感じる距離にいる弦に、糸真は囁《ささや》くように聞いた。

「あたし、今、最高に主役っぽいよね？」

弦は掠《かす》れた声で答える。

「……もう、とっくに主役だろ」

「えっ？」

弦はもう一度、糸真にキスをした。
笑い合いながら、お互いを抱きしめる。
旭山の美しい夕焼けが、そんなふたりを、優しく包み込んでいた。

※この作品はフィクションです。実在の人物・団体・事件などにはいっさい関係ありません。

集英社オレンジ文庫をお買い上げいただき、ありがとうございます。
ご意見・ご感想をお待ちしております。


●あて先
〒101-8050　東京都千代田区一ツ橋2-5-10
集英社オレンジ文庫編集部 気付
山本　瑤先生／いくえみ綾先生



映画ノベライズ
プリンシパル　恋する私はヒロインですか？

集英社
オレンジ文庫

2018年1月24日　第1刷発行

著　者　山本　瑤
原　作　いくえみ綾
発行者　北畠輝幸
発行所　株式会社集英社
〒101-8050東京都千代田区一ツ橋2-5-10
電話【編集部】03-3230-6352
【読者係】03-3230-6080
【販売部】03-3230-6393（書店専用）
印刷所　株式会社美松堂／中央精版印刷株式会社

※定価はカバーに表示してあります




ISBN 978-4-08-680175-1 C0193